無盡香檳

亦舒

「府上可有 LGBT。」
沒有。
亦無雙生子。
不過，這題材值得試寫。

廿三歲的程如一籌備訂婚禮。

她那極之體貼的未來終身伴侶這樣說：「一切，你說了算。」

於是程如一找來好友佟至，她是婚禮策劃師，與她商量事宜。

「全白，那種帶蠔殼淡灰的白，襯梔子花與茉莉香。」

佟至沒精打采，「我不再做白色裝修。」

噫，什麼意思，佟至最拿手，行內最出名的設計師是不管三七廿一，把室內完全髹白，若主人家不同意，她搭佈景牆，也得全白，最極端一次，把新娘家水晶玻璃燈也漆白，搬到花園，效果，出奇美幻，佟至大名傳開。

「什麼意思不再做白色。」

「現在通行都全部做白，與我作品相差無幾，再下去，快變成我模仿伊們。」

「哎呀，模仿不是最高讚美嗎？」

「連一間白色房間也不放過，非得刮了去用，以後，我生意怎麼做。」

「鬆綠色吧。」

「你喜歡綠色嗎？」

「我從不喜顏色。」

「可不是，想來想去，只得白色，真沮喪。」

「如有雷同，純屬巧合耳。」

「生意越來越難做。」

「依你說怎麼辦？」

佟至答：「替你做一面斷牆敗壁，上書流金剝落草書：舊時王謝堂前燕，飛入尋常百姓家。」

「不行，兆頭欠佳。」

「那麼，寫縱使相逢應不識，塵滿面，鬢如霜。」

「更不吉利。」

到這時如一才看清楚好友今日穿着一條窄腰妹裙，煞是好看，但不像她。

佟至一向穿白襯衫卡其褲，英姿颯颯，與眾不同。

今日為何作女裝打扮。

「襯衫都拿去洗？」

「你有所不知，有一家裝修公司，忽然令全體員工穿制服——」

連如一都猜到一二，「不。」

「是，他們全體穿白襯衫卡其褲，你說，我不轉裝行嗎，如今不知穿什麼上班才妥。」

「別氣餒。」

「說到底，白襯衫也不是我個人註過冊的商標。」

「你乾脆穿妹裙，梳妹頭好了。」

佟至瞪如一，「沒個專業樣子，行嗎。」

如一見她如此煩惱，禁不住笑，「你是牛仔控，一櫥深淺藍色派到用場。」

「也只得這樣罷了。」

「好，說回我那訂婚禮。」

「請多少人？」

「最多八個人，連我倆十名。」

「看樣子，不打算請雙方家長。」

「他們出席，也只是乾坐着，況且，家父早已辭世。」

「珍珠色調可好？」

「我喜歡珠飾，那是天然至美光彩，但不喜珠光色調。」

「香檳色。」

「對，該晚供應大量香檳，豁出去了，全部krug，平均紅一半，白色一半，不醉無歸。」

「這可是神經失常前奏。」

「替我打一個價，客人名單在此，屆時連我倆全體穿制服，你找專人設計，逐一請她們試穿，攝影，送回做紀念。」

「沒有男賓。」

「我們假眾香園，免得有人借酒裝瘋。」

「你從前的男友呢。」

「那是很久很久之前的事了，我已忘記。」

「他們對你不好？」

「真要搜刮記憶，也有溫柔時刻，照亮回憶，感謝他們在我青春時段出現。」

佟至不禁黯然。

「你回去打個大樣，告訴我怎麼做。」

「我第一要推翻的，是梔子與茉莉花，我打算搬幾十盆橙樹佈置，清香！又會結果子，人也是，不要做花，要做樹。」

「明白明白。」

佟至忽然這樣說：「你都想清楚了。」

「我是成年人，已千思萬慮。」

「科學家說，人要到廿四歲才長全智慧。」

「你說呢。」

「家母講，到四十歲，才有一點點聰明。」

「要求太高了。」

「只有十來人，枱子如何安排？」

「分幾張小桌子，最多四人坐，有些二人對坐，不喜歡可以不坐到一起。排排坐太枯燥，不好說話，小組討論，那才舒適。」

「小桌子分開坐的設想可以借用否。」

「當然可以，歡迎採用。」

「不會聘律師告我吧。」

「不至於，大家旨在開心。」

「可是吃自助餐？」

「也好。」

「我替你擬菜式。」

「要一鍋白粥，吃膩葷菜，轉轉口味。」

「你得準備六位數字——美元。」

「沒問題。」

「這一切都不必問那一位？」

「已開過會，我說了算，陳家人不會反對。」

「你要珍惜這個人。」

「我省得。」

把佟至送出門，如一忽然覺得疲倦。

吃一頓飯都要如此詳細籌劃，也太辛苦一點，然而，完全不慶祝，又說不過去，將來，老了，不管是一個人還是兩人仍在一起，沒個回憶，故也得裝作不着跡地請少數客人，唯一排場是無盡香檳，喝到醉為止。

香檳醉比別的酒比較不那麼痛苦，頭暈，疲倦，渴睡，如一試過一睡二十小時，隱隱覺得不掙扎也許就不會醒轉，但仍然貪歡，渾忘世事，繼續睡下去。

終於醒轉，也不頭痛，只會傻笑，腳步浮，如踩雲層，真好享受。

不比威士忌等烈酒，不但大嘔大吐，第二朝頭顱像被一把斧頭劈開。

香檳有香檳優點。

平時與陳家人二人也喝上一瓶。

美酒入喉，所有不能忍受的人與事都變得可以接受，像小器偏見妒忌的同事，自以為是的長輩……才想到這裏，電話叫她，是母親來電。

母女已有個多月沒通訊，沒消息是好消息，如一換一把輕脆愉快聲音：「母親你好。」

「如一，你回來一次。」

「母親，可是想念我，我功課繁忙，走不開，你放心，我身體健康，精神愉快。」

「如一，那邊家出了點事，請你回來幫忙。」

如一聽到，沉下臉，「母親，那邊家何勞你掛心，她們連兵帶卒數十人，足夠調派應用，又有兩個已成年女兒，形勢比你強得多。」

「那邊太太遇車禍重傷，一條腿需要切除，整家愁雲慘霧——」

「天有不測風雲，人有旦夕禍福。」

「如一，這是媽媽與你說話，你別皮笑肉不笑。」

皮笑，肉不笑，這種尖刻貼切形容詞，只有華裔才想得到，這回如一真的笑出聲。

「如一！」

「親愛的母親，事不關己，己不勞心，我看不出我在這件事上有何助力，一向以來，她們歸她們，我倆是我倆。」

「別忘記誰供你讀到博士學位。」

「敬愛的母親，我靠的是父親的助學基金。」

「殷律師說由你大姐程表順利批出，那也是她一種善意。」

「是，」如一不得不承認，「我欠大姐一個。」

當年父親突然心臟病發逝世，沒有清晰遺囑，換一個自私的長女，根本不用照顧二房，但程表不是那樣的人。

「你回來一次。」

「我能做什麼？」

「站附近，聽差、打氣、支持。」

唉。

「這種時候，不要怕身份尷尬，平時，我們時常在電視或小說中看到斷手斷腳之人，不覺大不了，但我去看過她，她整個人震呆，語無倫次，同平時程太太大不相同，她的情緒影響到家人，整家蒙上灰塵。」

如一終於低聲問：「意外如何發生？」

「程里駕駛，不如怎地，與她母親在車廂爭吵，與小貨車碰頭，車子並無太大損毀，但是程太雙腿夾住，拉不出來，消防員需用大剪破開車頭，她人清醒，去到醫院，只能救回左腿。」

啊，是悲劇，這輩子做司機的程里可能無法做人。

「你回來看守程里也是一宗事，她不眠不休已有多日，大家都擔心。」

如一輕聲說：「我們這樣兩家合一會被人當十三點。」

「哪裏還管得着人家說什麼。」

「我只能回來五天——」

程母已掛上電話，兔死狐悲，她的哀傷有理。

晚上，見到陳家人，她簡約把事情告知。

「——都不關我事。」

家人答：「這惻隱之心，人皆有之，都不關我們的事，那宣明會、無國界醫生、微笑行動，從何而來，你回去安慰她們吧。」

「家人，你是我的棟樑。」

「彼此彼此。」

「我真幸運，在有生之年不遲不早遇着你。」

「彼此彼此。」

如一戴條從不離身的金項鏈，小牌子上面刻着䷤，那是《易經》裏「家人」的符號。

她與家人擁抱，鼻端嗅到熟悉的消毒藥水味道，家人可是一名醫生？是，家人是一名法醫，那是正式名稱，俗稱就不那麼好聽了。為什麼叫法醫，如一也不明白，大抵是這項工作肯定與法律有關。

如一取到飛機票便乘長途回娘家。

同十多歲時不一樣，彼時，肢體柔軟，可以折三折擠在經濟艙座位。

櫃位有服務員對她說：「程小姐，你的朋友替你轉了商務艙，說讓你好好睡一覺。」

一定是陳家人。

如一微微笑。

她用短訊說：「多謝。」

「不客氣。」

艙內一路安靜，如一習慣用一塊小小白方巾遮臉，鄰座一位老太太覺得可怕：「小妹妹你可否用我這方絲巾」，一看，是大花愛馬仕，如一了解老太心情，答「可以」，助人為快樂之本。

接她的是殷律師，如一連忙迎上扶住，「怎麼敢勞駕您老，折煞晚輩。」

殷律師笑，挽住她手步出候車處。

女司機把車駛近。

「家母還好？」

「兔死狐悲，唇亡齒寒，她精神萎靡。」

「該位女士同她沒有關係。」

「年輕人心腸硬，年輕而漂亮，更如鋼鐵，她們是兩個老寡婦。」

「現在居然有來往了。」

「偶爾探訪一下，如一，對於自家不了解的事，切忌偏見。」

「多謝指教。」

「你自己呢。」

「還過得去，正籌備博士論文，十多個大綱，沒有着落。」

「讀純美術也要寫論文？」

如一沮喪，「就知道你們會小覷我。」

「改讀科學吧，你總有一日得找工作。」

「我有書友研究為何有些人天生鬈髮有些人直髮，他畢業後又如何找工作。」

講得殷律師微笑。

送到家門，她說：「我不進去了。」

可是程母已經迎出，「殷師為何過門不入，請進來喝杯茶。」

如一上前握住手，「母親。」

「總算回來了，快沐浴更衣，我同你去看程太太。」

本來，她老說，「我也是程太太」，如今，程先生已經不在，還爭什麼。

殷律師坐下喝茶，「最新消息：剩下左腿，千辛萬苦才保住，將來，學習重新走路，怕要一兩年，幸好近日義肢發展突飛猛進，是宗安慰。」

她們母女默然。

老女傭這時捧出各類精緻點心果子。

殷律師笑說：「一進門，胖三磅。」

「你嚐一嚐，我打算給程太太也送一點過去。」

如一進房間梳洗，仔仔細細漱口，她最怕人家有口氣，己所不欲，勿施於人。

接着，用磨砂膏擦身，換上整潔白襯衫寬腳牛仔褲，濕頭髮用髮夾夾好。

這時，殷師已返回辦公室。

母女二人親自把點心與參茶送到醫院。

下車時程母一時站不起，托着腰，臉上稍為痛苦，如一心疼，「未老先衰，你平時也得運動一下。」

程母輕輕答：「人老珠黃。」

如一扶着母親小心走進醫院。

程母瘦削，身輕如燕，並非好現象，怕摔跤，已許久沒穿高跟鞋。

甫出升降機，便看見一秀麗女子在門口等候。

如一連忙踏前，必恭必敬叫人：「大姐。」

那大女兒程表長得高挑秀麗，她溫言說：「剛下長途飛機就趕來，多謝關懷。」

自程母手中接過點心盒子與參茶，帶路走進病房。

唉，少年時在戲院、泳池、碼頭等人，此刻，約會在醫院。

程太太躺病床，大手術後神氣虛弱，白髮未做顏色，活脱就是老婦，如一站遠遠，只輕叫「程太。」

她緩緩轉頭，「乖孩子。」沒戴上假牙，有點可怕。

程表輕輕說：「三妹是越來越漂亮。」

如一漲紅臉，「哪裏比得上大姐。」

程表斟出參茶，「老遠拎來，媽喝一口。」

程太太問：「有綠豆糕否。」

「有，有。」

室內四個女子，絕口不提傷勢，真好敷衍功夫，像是病房中有一隻古長毛象也視而不見，只是閒聊。

程表問：「小妹快拿博士？」

如一答：「我笨，還差一年左右。」

「心裏可有人。」

如一只是微笑。

她看不到程里，這闖了禍的二姐最可憐。

大姐像是知道如一想什麼，「她在家，我與你去看她。」

程太太這時說：「把她叫來才是。」

程表說：「我這就喚她。」

如一連忙說：「下次，我們明早再來。」

她一直靠牆站着，雙手放背後，肢體語言極佳，惹人好感。

又說幾句，看護進來，「程太太不累嗎？」

母女知趣道別。

程表一直送到停車場。

忽然迎面而來一個高大健美女郎，短髮圓臉，金棕皮膚，濃眉大眼，奕奕射人，如一從未見過這般神采動人的年輕女子，不禁呆視。

只聽得大姐說：「程里，三妹來了。」

表、里、如一，都在了。

程如一連忙說：「二姐你好。」

「三妹，」又向程母招呼：「大姐喚我來請喝茶。」

程母微笑，「你們三人聚一聚，我先回家休息。」

如一剛想說：我也三十多小時不眠不休，但她被大姐與二姐美貌吸引，不介意一起喝茶說話。

「回家好好聊天。」

她把車子駛近。

程表又說：「三妹恁地秀麗，神采飛揚。」

如一又紅臉，「怎好同兩位姐姐比。」

程表笑，「三姐妹讚來讚去，笑壞人，我是真心。」

如一說：「我也是。」

「多久沒見。」

程里答：「我彷彿從未見過如一。」

如一終於問：「程太幾時出院。」

程里沉默，大姐答：「還早着，剩下一條左腿肌肉壞死，用最原始方法清除腐肉，那是用蒼蠅幼蟲，打開紗布，密密麻麻是蛆，我不是害怕，而是傷心，當着病人就哭，真不濟。」

如一惻然。

程里輕輕說：「都是我害的，我會遭天雷劈死。」

如一連忙換別的話題，「二姐姐真神氣，聽說是體育健將。」

程表說：「她是哈佛女子泳隊隊長，將出賽奧運。」

如一欣佩，「啊，英姿颯颯，巾幗。」

「三妹真會說話，叫我心開朗。」

程表說：「二妹為車禍憂鬱，交通警察說，是對面司機醉駕越線，根本與她無關。」

「說是這麼說。」

駛到近郊風景區獨立屋停下。

這幢房子氣派與如一家又不同，高下立見，難得兩位姐姐一點驕矜的架子也無。

貼近程里站，如一發覺她比她高半個頭。

如一又讚，「真是美女。」

程里笑，露出雪白牙齒，那種全天然健康美態發揮到淋漓盡致。

女傭捧着果盤，每人一小碗，如一聞到香氣，知道果子裏浸香檳，已經滿心歡喜，吃得開心。

程表說：「三妹懂得欣賞。」

如一到底兩日一夜沒睡，有點睏意，橫躺繩網，雙眼睜不開。

程表說：「我得回公司照應，你倆慢慢聊，三妹，要什麼儘管吩咐。」

程如一進入夢鄉，恍惚間聽見水響，是有人躍入泳池嗎，不知過多久，一陣晚風吹拂，叫醒如一，她酒醒，雙眼睜開一條線，看到程里練習最後一個塘，正做蝶泳的她上身與雙臂從水花冒出奮進，如凌波仙子，她扶到池邊透氣，如一才發覺程里裸泳，沒穿泳衣。

只能說，從沒見過那麼好看的女體，碗形乳房與腋窩在同一線上，背脊因運動像一V字，如一自慚形穢，她決定一回去就與陳家人一起跑步。

「醒了。」

程里裹着大毛巾上來。

「二姐真好看，裙下之臣一定排隊輪候。」

程里微笑，「他們見我身材如巨人，都嚇怕了。」

真謙虛……

「我得回家了，不好意思，竟睡了一覺，失態。」

「漂亮的年輕女子，永遠不會失態。」

「這是格言嗎，我好好記住。」

程里披着毛巾衣送如一到門口。

幸虧一家都是女眷，不妨隨意。

如一驀然發覺，真是，一屋都是女人，司機、園工、女傭，沒有男丁。

稍後，如一會發覺她們家連保鏢也是女性。

回到家如一與陳家人聯絡，「累到極點，整天站着抿嘴微笑，不敢說話，兩位姐姐非常漂亮，即傳照片給你看。」

家人回答：「果真萬中無一，美貌是最難得天賦。」

「比聰明才智更難得？」

「百分百。」

「聽說二姐程里在中學時已被哈佛體育系相中，一早應允給獎學金。」

「泳將可豁免讀若干課程，只修基本分數，絕對是特權分子。可覺她驕矜？」

「一絲不覺，兩個姐姐十分禮待。」

「可看得出真假。」

「縱使是假，也夠高興，自幼不知見過多少真的白眼，如今假使享受假的青睞，也已滿足。」

「誰，誰給你看臉色。」

「這當兒還提來作甚。」

「那位太太的情況如何。」

「老婦行動不便坐輪椅，一定淒慘，但家母彷彿已丟下所有疙瘩，每日探訪。」

「奇怪，她為什麼堅持你回家。」

「助一臂之力吧。」

如一實在撐不住，咚一聲倒床上睡着。

她母親找，「如一，如一」，只聽到電話裏也有人叫，程母關掉電話。

故意讓她多睡一小時，八時半才喚醒她。

如一卻已準備妥當，已經老遠來到，索性配合老媽做場好戲。

「那半夜不掛電話的人是好友嗎，咦，你怎麼又是白襯衫。」

這次帶往醫院是白粥與皮蛋與金華火腿切片。

因遲了些，在房門口聽見有人低聲吵架，大姐在門口大聲咳嗽，裏頭才靜下來。

大姐推門進內，如一看到是二姐與程太太爭執。

大姐瞪着二姐。

如一提高聲音，愉快地說：「請嚐一嚐」，盛小碗，輕輕遞給程太太。

程老太臉色鐵青，見是如一，才漸漸緩和，喝一口，「嗯，很香。」

程里這時向如一母女點頭，叫人，然後開門走出。

如一不着跡追上，用手拉住二姐，「喂，你腿長，我追不上。」

程里住腳，看到三妹身上一模一樣白襯衫，不禁微笑，氣也下了一半。

如一輕輕說：「生養你的人已經只餘一條腿，你還要吵架。」

程里本來可以說：你是誰，不要你管，但她沒有魯莽，她垂頭說「是」。

「我們再回房去。」

「你進去好了，他們都喜歡你。」

「二姐——」

「我到大學習泳，三日不練，即時身硬。」

她與如一擁抱一下。

這時程表也出來，板着面孔，還在生二妹氣。

程里說：「如一，你看看大姐那晚娘臉。」

一轉身就走了。

如一忍不住說：「這是爭意氣的時候嗎。」

回轉病房，看護正料理程太斷腿，為她量度做義肢。

程太太氣餒，「都叫你們看見了。」

程母苦澀地答：「這時刻有腳又如何，難道還有人請跳舞不成。」

什麼，連虛偽客套都省下了。

如一站到壁角落頭。

明明有兩條腿的地方只剩一條，看着突兀而不忍，程太太肯讓她們母女進病房，可見已把她們當自己人。

故此，程母說的，是不忌諱的自家話。

程太太說：「滿以為程先生辭世，你會改嫁，可是這十年你卻過得安靜。」

程母這樣回答：「我一生疲勞演出已告結束，再也不接新本子。」

程太太哎呀一聲嘆氣。

這時程表說：「我要回公司，失陪。」

程媽說：「我們讓程太休息。」

到家，母女沉默良久。

程母終於忍不住，「如一，你不會趁我躺醫院還與我對着幹吧。」

「程里想必有個原因。」

「真想不到那麼漂亮的女孩如此忤逆。」

「母親大人對忤逆二字特別敏感，但凡子女與父母意見相左，便叫忤逆。」

「那是跟母親吵嘴的時候嗎，你也看到程太被女兒氣得臉色煞白。」

那是真的。

「她們吵些什麼你可聽到。」

如一搖頭。

「隻字片語也無？」

「偉大的母親，那你就不必細究了。」

「如一你什麼都好，就是愛撇清。」

「我不是講是非而來，我陪母親大人幾天，就要回去。」

「有人追你回去可是，那人如果是有可能的對象，讓我見個面。」

如一微笑，「你放心，我是成年人。」

「一味講這一句，越發靠不住。」

如一耳尖，彷彿聽到病房內爭吵聲中有一句：「我這就去剪頭髮」，剪髮也會惹程太太生氣？不可思議。

雖然說身體髮膚受之父母，不可隨意糟蹋，但頭髮修短會長出，有人剪短髮的確好看。

少年時一個同學堅決要紋身，被程如一勸了下來，她找到大堆紋身貼紙，貼了那女孩一身，後來，那位伯母認真向如一道謝。

如一把這事詳細對陳家人說一遍。

家人分析，「想不止是頭髮那麼簡單，有一件不愉快事件醞釀已多時，因剪髮爆發。」

「那是人家的事，不管了，你工作如何。」

「今日特別難堪：一名單身母親倒斃屋內，五歲小女兒失蹤，警方搜索，終於找到遺骸，送到我處，那小小身軀——」

這世界真難捱。

「兇徒抓到沒。」

「是那年輕母親的前男友。」

「怪不得家母一直沒有再接觸異性。」

陳家人説：「你早點休息。」

「沒問題。」

如一不知道母親捧着碗雞湯站門口把對話全聽進耳裏。

那樣嘟囔説電話，可見是密友。

小時一放學便「媽媽，媽媽」報告校內趣事，如今與母親相敬如賓，什麼話都不講。

她提早休息。

第三早只得如一探病，兩位姐姐都有事，大姐主持季度工作大會，整天沒空，二姐恐怕生了氣，暫不出現。

程太太氣色略佳，笑問如一，「今日帶什麼給我。」

「皮蛋鹹瘦肉粥。」

「唷，我最喜歡這個。」

如一笑着盛出遞上。

「你家的廚子好手勢。」

「這些都是家母親手做。」

「啊，更加感謝。」

「別客氣。」

「明天想吃雪菜肉絲米粉。」

「行，明早送到。」

「今日為何你母親沒來。」

「她說蓬頭垢面有礙觀瞻，做臉做頭髮去了，稍遲才到。」

「難為她天天來。」

如一微笑。

看護進房，「噫，你在正好，幫忙替媽媽洗頭。」把她也當程太親女。

如一立刻與看護一起動手。

洗淨後梳通吹乾，手勢純熟。

程太太說：「如一你有女兒的體貼，你媽好福氣。」

「她也有一段日子沒見我，但凡孩子，父母前總比較驕縱。」

「你怎麼看兩個姐姐。」

「既漂亮又能幹，萬中無一。」

「那是如一你才真。」

「哈哈哈。」

「如一，程表與程里談不攏，有件事，我想託你勸勸程里。」

啊，如一想說，我與程里不熟，但忍了下去，怎樣說都是姐妹，怎能說不熟。

想必是程里的男友不為母姐所喜。

程太太欲語還休。

那直爽看護說：「真有趣，你們家全無男性訪客。」

一言提醒如一，這是真的，不見男丁。

看護立刻知道冒失，退出病房。

這時程母與程表趕到。

程表說：「午飯時間，有片刻空檔。」

看到皮蛋粥吃個碗腳朝天，抹嘴補妝，又趕回公司。

「只她一人撐着，如一，你可願回來助大姐一臂之力。」

「我讀美術，不管用。」

「大學無論學哪科，都是教年輕人思考、獨立、站穩腳。」

程母看女兒，「如一，你也去一趟美容院打理一下，此刻看上去像村姑。」

如一唯唯諾諾退出。

在門外看到程里。

她取笑，「偷偷摸摸躲着幹什麼。」

程里頭髮齊耳剪短，別人梳這種媽姐頭，一定像把掃帚，但在程里更顯得唇紅齒白。

「來，一起吃冰淇淋。」

「先進房與程太打招呼。」

「你們一定要強人所難。」

如一拉着她手在房門邊說：「我與二姐出去逛逛。」

程里說：「你有鬼主意。」

「寡母孤兒過日子，能不機靈點。」

話一出口就後悔，這是幹什麼，不過與程里說了幾句話，便視作知己，訴起衷情，像煞人來瘋，叫她笑話。

如一連忙訕訕地閉上嘴。

程里像是知道她的顧慮，立刻說：「吃冰淇淋。」

程里先到辦館選了小瓶汽酒，再買草莓冰淇淋，要求用杯子載着，果然，被如一猜到，她吃汽酒調雪糕。

吸一口，如一先笑說：「可救賤命。」

「是，又可以活下去。」

如一扮不經意地問：「是因為男朋友的緣故？」

程里答：「不是。」

「家長不喜歡你做運動。」

「你並非一個多事好奇的人，是家母叫你做說客吧。」

說客，說什麼？

「她讓我陪你說話。」

「勞駕你了。」

「你毋須講話，如果要講，將會用作呈堂證據。」

「明白。」

「看到如此漂亮年輕女子這般愁惱，實則不忍。」

「如一，你如此懂事忍讓，你不覺辛苦。」

「為着我所愛並且相依為命的母親，我認為值得。」

「令堂尚未觸及你的底線吧。」

「程里，你的底線是什麼？」

她沉吟片刻，「有機會再說。」

如一告訴她：「過兩日我就要回轉學校。」

程里忽然微笑，「有人在等你。」

如一坦白，「正是。」

「令堂尚未知曉。」

「都被你猜中。」
「瞞着她，不容易吧。」
「省得她煩。」
「她只有你一個女兒，大事瞞她，為什麼，那人不是毒梟吧。」
「是一名法醫。」
「啊，身上會有福馬林氣息，法醫叫死者為沉默的證人，雖不再説話，但遺體上全是蛛絲馬跡。」
如一沒有回答。
「相愛就好，那還不是最厭惡行業。」
「請問，最厭惡是什麼。」
「富家千金。」
如一駭笑，「怎麼説法。」
「當富家子，可在社會佔盡優勢，一直與眾女友遊玩到六十歲，但富家女除卻開一爿畫廊做慈善活動還能幹什麼。」

「做奧運游泳冠軍。」

「啊，如一，你真可愛，但你也知程家不算富有。」

「生活舒適已經足夠。」

「我們去探大姐姐。」

「她忙着工作呢。」

「不妨，總有喘息時間。」

大姐氣勢不一樣。

程氏企業與眾不同，總部在近郊，五層高房子底層設健身室，有泳池供員工運動，十分體貼。

她辦公室在頂樓，連接花園，與一般總裁室不同，她的房間滿坑滿谷疊放各種文件書籍，書架子滿座，便堆地下，看得出亂中有序，她自己一定找得到要的東西。

秘書端兩張椅子進來。

程表站起，如一見她穿着 oversize 寬身西服，不禁喝聲彩，她瀟灑中帶着嫵媚，與程里不一樣的英氣。

「三妹見笑，我們到程里辦公室說話。」

「是泳池嗎。」

「三妹真會說笑。」

原來程里也有小小辦公室，待她回頭是岸的時候用得着。

剛相反，二小姐辦事處只得一桌一椅，女秘書又把椅子搬過來。

「三妹什麼時候來幫手。」

「我學美術。」

「為會議室挑幾張好畫。」

「這個嘛，立刻可以做到。」

家裏女傭捎來小點心。

大小姐問：「是什麼。」

「酒釀圓子。」

如一微笑，一定和有香檳。

這樣吃喝，也不見得胖。

大姐這時脫下外套，嘩，好身段，想她們母親年輕時必定是個美人。

邊吃邊談，「今晚我加班，七時才回家。」

「大姐一定追求者眾。」

「我？」美麗的大姐訕笑，「年輕時也結識過幾個男友，男人，都是狗。」

如一嚇一跳。

這麼偏激，吃過什麼虧。

「嚇着三妹了吧，三妹一定還有憧憬，對不起。」

程里輕輕說：「大姐在感情路上不幸運。」

大姐說：「這條路，沒有幸運的人，三妹要當心。」

如一說：「也有人自丈夫第一份薪水用到退休最後一份的大運女子。」

「那是因為她找的是飯票，不顧自尊。」

吁，如此悲觀。

另外一個秘書進房，帶進一大疊邀請帖子。

大姐取過紅筆批閱，如一看到頻頻寫NO NO NO，不禁好笑。

程表說：「我的姓名，先生女士，並非用來點綴閣下的派對。」

她一定在社交界遭遇過一些不可磨滅惡劣經歷。

「三妹，我對有妝奩女子的忠告是：小心男人問你要錢，對於家境清貧的女子，則是小心男人送錢給你花。」

如一肅然起敬，「是，大姐。」

程表說：「三妹有趣，不比程里，無論我說什麼，她逢姐必反，我東她西，我是她不，可憎。」

「今天不是好好的。」

「有你作催化劑呀。」

程里說：「我帶如一參觀一下。」

「半小時後回來一起吃飯。」

「大姐這麼早吃飯。」

程表笑，「吃完再做三個小時，以前是『親愛的別洗碗，做粗雙手』，今日是『親愛的，快去開拖拉機』。」

一路巡視，同事們揚聲招呼。

全女班，像醫院制度每種職位穿着不一樣顏色制服，統統是短衫長褲，平跟鞋，長髮束起，倒是不見嘰嘰喳喳。

不是對男性有所歧視吧。

「大姐認為所有煩惱由男同事引起：不專心、兜搭、比拼，獻媚，爭風……全女班，沒這種事，男子對臣服女同事特別關照，對不加青睞女同事又故意刻薄，討厭之至。」
「經理級也穿制服？」
「黑衣白邊。」
「有無人揶揄程氏機構是姑婆屋。」
「都給你猜中。」
「總有速遞人員或送貨等人是男子吧。」
「我們特別要求女服務員。」
「升降機總會碰到男客吧，街上，她們家中，也有男子。」
「正是，不已經足夠。」
「二姐，你怎麼看？」
「大姐的公司，大姐作主，程氏完全上軌道，聲譽超卓。」
「我竟未知程氏做什麼產品。」
「相當專門，生產醫學輔助用品，像人體模型，你讀中學時見過實驗室

那些可以拆開的心臟脾肺吧。」

「唷，那些。」

「還有練習人工呼吸的人體，像煞真人的初生嬰兒娃娃……」

如一還是第一次得知。

程里黯然，「此刻，正在找各種義肢資料。」

「聽說可以3D打印。」

程里忽然臉紅紅。「大姐很在意這件事。」

「二姐，你是鐵漢，不可流淚。」

「是是，我是鐵漢。」

這時程表電話找，「吃飯了。」

兩菜一湯，非常清淡，蒸一條魚，炒一碟菜，還有一碗清雞湯，不設甜品。

大姐出汗，腋窩有印子，她走進洗手間換襯衫，「真想做汗腺手術。」

如一說：「汗腺功能可大着呢。」

程里說：「我也這麼想，泳者必須清理體毛，我情願煩一點剃除，也不願用激光處理。」

「這麼說來，我們三姐妹屬全自然身囉。」

「這點，我絕對可以百分百保證，身體髮膚，受之父母，必須珍惜。」

大姐講完這句，程里輕輕說：「大姐，我倆告辭。」

晚上，向陳家人報告：「本來好好，二姐聽到大姐最後一句話立刻變色。」

「那是什麼話？」

「身體髮膚，受之父母。」

家人說：「我也不明白。」

程母這時在房門外說：「睡了沒有。」

「母親有話說？」

「與兩姐相處可好。」

「有進一步了解，和睦一如親生。」

「到公司看過？」

「大開眼界，大姐了不起，簡直已與公司結婚。」

「她本來有男友，那年輕人英俊瀟灑，長得比明星還好看，一起共三年。」

「他幹哪一行。」

「是不是，都會問到那男子做何種職業，據說是個畫家，展覽過零碎作品，會得寫詩。」

「後來呢？」

「聽說邀程表投資畫廊，首期成本千萬，程表拒絕，只允許代付租約，那人極度不悅，『你不愛我』，程表揮劍決絕，『是我不愛你』，她已經送了跑車手錶，並且租大公寓給他住足三年。」

「這人有才華嗎？」

「如有才學，社會一定欣賞，我雖不懂那一行，但看過他作品，並非出色。」

「分開多久？」

「又有三年，追求者不絕，有人企圖讓程表投資沙勞越建養魚場。」

「不熟不做。」

「我也那麼說，如一，可有人勸你到南斯拉夫開牧場之類。」

「放心。」

「做人不能不小心呵。」

「這是母親大人一直沒有男伴的原因嗎。」

程母不願回答，「說說你的朋友。」

如一堅持問下去：「是一種解脱呢，還是無窮無盡的寂寞。」

程母終於說：「我做寡婦那年，也已經四十出頭，長了些聰明，你想想，男人如果接近一個中年帶着孩子的孀婦，為的是什麼。」

「也不能把所有男性都當壞人。」

「他們也是替自身設想，當然，我有點能力，衣食住用零花可以全歸我，這還算了，最怕他們還要拎出男人樣子，以及不安份，問拿資本做生意。」

「為什麼都想做老闆。」

「可以指使伙計，提升身份呀。」

「都給母親看穿。」

「有一個友人，處境與我相若，離婚後得到一大筆贍養費，估計目前值三億左右，被一間小銀行的投資經理游說投資名貴金屬孖展，一年間蝕盡。」

如一沉默。

「每想到此事，我如浸冰水。」

「那位女士呢。」

「已經病逝。」

「是誰對不起她？」
「她自身，遇着危機不知妥當處理。」
「依你說應當怎麼辦。」
「陪子女到英國讀書，自己也選一科，清清淡淡過日子。」
「說是容易，靜修生活不是人人做得到，母親大人的修為非同小可。」
「如一，你這次回家，我得益匪淺，母女忽然有了話題。說說你的朋友，他總有姓名吧。」
終於撬開程如一鐵口，「叫陳家人，是一名醫生，比我大五歲，性格成熟。」
程母怔住，沒想一下子說那麼多。
女兒說的，都是優點，尤其是醫生，十年寒窗苦讀，又做着人命關天工作，必然沉毅，堅強，可以照顧好如一。
程母的心裏漸漸開了朵小花。

她安然休息。

陳家人，多麼特別的名字。

程如一在床上讀《白香詞譜》，接到陳家人電話，「如一，你知道阿勒甫是什麼地方？」

「敘利亞古國首都，近年戰爭不停，已炸為廢墟。」

「阿勒甫郊野曾為恐怖分子佔領之處發現亂葬堆，聯合國徵用法醫前往辨別身份死因，我是其中一名工作人員。」

啊唷，這意味着訂婚宴不能如期舉行。

如一連忙說：「我會聯絡佟至，延期。」

「對不起，如一。」

「你欠我一個人情。」

「我欠你世界。」

「唉，所以千萬別說如無意外這種話，世事根本全部由意外組成。」

「你不妨在娘家多逗留幾天。」

「這倒是真的，你什麼時候回家。」

「看情況，我們輪班制，約莫兩週。」

「類此工作，一定十分腌臢可怕。」

「已經做過。」

「沒聽你提起。」

「試想想，黃土地打開，滿滿是——有什麼好說。」

「我愛你陳家人。」

「我愛你程如一。」

第二早如一對母親說：「我或可多留幾天。」

「那好極，陳家人會與你會合否。」

「我想不，各有各忙。」

「那對，誰也不是誰的影子。」

「我也怕兩個人凡事都黏在一起形影不離，沒個自尊。」

程母開懷笑，這個怎麼都不算聽話的孩子終於有對象了，暫時，只暫時可放下心頭大石。

那個上午，程太太想出院，懇求醫生至落淚，醫生不答允。

程如一向程表投一個顏色，「我們把工作搬到病房做，那總可以吧。」

「輪流，每人守兩個小時。」

「大姐要帶秘書，我得帶泳衣。」

程太太這才說：「罷了罷了，你們輪流陪我吃晚餐。」

「一定做到，養兵千日，用在一朝。」

每晚準時當一件事來做，也算不容易。

程表悄悄說：「這些日子三姐妹在一起，說開心好似沒良心，母親畢竟躺醫院，這樣吧，說因禍得福，就差不多了。」

程里說：「大姐一直板着臉。」

「我是老姑婆，有權面色墨黑。」

程如一覺得幸福，咧開嘴傻笑，一不小心，自椅上摔下，雪雪呼痛。

老實說，一早一夜，都得往醫院，少卻私人時間，不過三女心甘情願，邊吃邊聊，故意讓程太太分心。

三姐妹必合飲一瓶香檳，為免醫務人員不悅，倒在紙杯喝，瓶子藏櫃內，護士還是起疑，「什麼味道，如許芬芳」，程里答：「大姐的香水，改日我替你帶一瓶。」

程太太嘆口氣，「年輕真好。」

她們三人，不愁衣食，唯一的負擔不過是她們自己，當然是年輕好，中年也易過，老年更加可以靜修。

條件略差，任何階段都擔滿心事，無力升學，單是住屋問題便喊救命，更不用提到往後如何掙扎。

由此看來，老程先生，雖不算好丈夫，卻是及格的父親，把女兒的生活都照顧妥當。

兩位妻子如果覺得自尊比較重要，那就沒有今日，程母黯然，「世事不可能兼美。」

三女自病房告辭，意猶未盡，「繼續喝，喝死算了。」

一部黑色大車停在她們面前。

車窗放下，原來是殷律師，「我負責送你們回家。」

「一起，殷師，不要客氣，一起。」

「誰同你們人來瘋。」

程表索性與司機說：「載我們往『月亮與六便士』酒吧，一小時後來接。」

把殷師綁架往酒館。

殷師訴苦，「我最討厭那種地方，小小舞池，擠滿汗臊的年輕男女，舉高雙手節省地方，不住扭動身體，像一盤幼蟲。」

程如一先鼓掌，「再沒有更貼切刻薄的形容詞。」

酒吧內倒沒有想像中嘈吵，隔壁有一桌酒客全男班，居然會吟詩，他們一人一句，一搭沒一搭，像是說他們自己，「五陵年少金市東，銀鞍白馬度春風。落花踏盡遊何處，笑入胡姬酒肆中，哈哈哈」，他們夫子自道，果然，一個金髮洋女上前侍酒。

殷師也這樣說：「年輕真好。」

「殷師年輕時必定太重功名。」

殷師承認：「是，我們那一代，要有志氣，要出人頭地。」

「那多苦，今日可有後悔。」

「我有我所得，已知世事古難全。」

這時，侍應過來問：「那邊桌子幾位先生問各位女士，可有興趣一起坐。」

程里先仰頭哈哈笑，像是遇到世上最可笑的事，服務員尷尬走開，向男客搖頭。

程表也微笑，「如一可有興趣。」

殷律師答：「我有。」

如此自嘲，三姐妹又笑。

程表說：「結賬，我請他們喝香檳。」

四個女子出門，車子駛上，接載各人回家。

殷師說：「我有話說，今夜好機會，但被那幾個小子打擾，如一，明天你到我辦公室。」

「知道。」

如一想把有人撩搭之事告訴陳家人，只聽到錄音：「我已出發往中東工作，安頓後即時與閣下聯絡」，如一有點惆悵，陳家人對她越來越重要。

程母準備陪程太太出院。

「我沒聽姐姐說起。」

「瞞她們，怕她們阻擋，她們彷彿不想母親回家似的。」

「程太太疑心太重，怎麼可能這樣，我立刻知會兩位姐姐。」

「如一你別多事。」

「你讓我回來，不是想我多事做中間人嗎。」

程母覺得說得正確。

如一與姐姐們嘀咕一會，商量到方法，才沐浴休息。

一大早三姐妹去替程太太辦出院手續。

沒想到結賬付款也得輪候大半個鐘頭，生意竟紅成這樣。

醫生親身叮囑三姐妹護理關鍵，並介紹可靠看護——「親人支持最重要。」

程太太見她們已經知道她要出院，不但不反對，且一起協助，倒是寬慰。

她輕輕說：「進來兩條腿，出院剩一條。」

程里內疚，忍不住放聲大哭。

程如一連忙責備：「你發什麼神經」，把二姐擁到懷內。

程表說：「沒有人怪你，警方已起訴那名貨車司機。」

程如一說：「你們先回家，我陪二姐回公司健身房做運動。」

幸虧人手足夠。

程太太說：「勞駕各位，特別是如一。」

如一唯唯諾諾拉着程里出房。

她惱怒說：「你看你高大衰，再哭，打你。」

程里一邊抹眼淚一邊答：「是，是。」

回到健身室，教練迎上，對二小姐說：「你必須天天到。」

她開始嚴格操練，精神漸漸鎮靜。

如一見她跳繩、舉重、攀槓，最後，還要翻滾大輪胎，像是與游泳無關動作，卻一般運動肌肉。

教練說：「三小姐，你也一起。」

如一選擇舉兩罐汽水做簡單上下梯級。

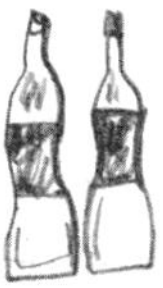

不一會手臂痠軟，這時程表找她。

走進她辦公室，看到奇景，只見一隻大紙箱裏，全是人類心臟正規模型。

大姐正與工作人員檢查出產貨品。

如一順手撿起一枚，笑說：「這麼多心。」

「是呀，一箱子十二打。」

心臟可以打開，大動脈、大靜脈、兩個心耳、兩個心室，全部寫實。

「大姐，送我一個。」

「請便。」

她到玩具店買一隻天使玩偶，把它的金色翅膀拆下，用強力膠黏到塑膠心臟上，喃喃說：「翼動的心」，打算送贈陳家人。

程母回來看到，「你有興致做手工？」

如一回頭問，「程太太好嗎？」

「上洗手間也得費好大勁，看得出氣餒。」

如一沉默。

「她流年不利。」

「回家舒服點，大小姐已在趕製最先進義肢。」

「她說右腿雖然不存在，但還是覺得麻痛，醫生說會有這種神經過敏現象。」

「義肢由本家生產，必然可靠。」

「所有人工製成物品，同天工差十萬八千里。」

這是真的。

「聽說美國研究在腦部種一枚小型控制器，電波連接到義肢，可活動自如。」

這不成為科學怪人。

「程太太不打算研究。」

「明早我去她家敬茶。」

天未亮，陳家人的電郵傳抵：「初步查察：一號穴共八十二名遺體，有中沙林毒氣跡象，這是全球禁用的化學武器，聯合國大為震驚，而我，對人類本性之殘酷，又加多一層認識，令人髮指。」

如一把那枚翼動的心照片傳給陳家人。

然後淋浴更衣，出門到程宅問安。

她來得不是時候，或者，正是時候。

殷律師也在，坐在輪椅上的程太太掩臉哭泣。

程如一像自己人一樣，一聲不響，把程太太左腿移到矮櫈上，輕輕按摩，並請女傭取來熱毛巾與面油。

她輕輕替程太太抹去眼淚，敷上化妝品，接着，用茶包替她遮住雙目。

如一沒問發生什麼事，程太太要說，自然會說出來。

「喝些白粥。」

程太太淚如泉湧，「如一，程里要正式與我脱離母女關係。」

如一一驚，即刻說：「她瘋了，別去理她，她不做你女兒，我來做。」

殷律師苦笑。

如一又說：「這老二，心情不好之際，什麼話說不出，切肉不離皮，我負責說她，凡事要留一線。」

如一輕輕按程太太的太陽穴，服了藥的程太太漸漸安靜。

殷師說：「我有話同你說。」

她倆到書房坐下。

殷師開口說：「這件事相當嚴重，也是年餘以來她們母女不停爭吵理由。」

什麼嚴重得過地球另一邊某文明古都已經被戰爭打得死傷無數稀巴爛。

「我都不知道該怎麼講才好。」

「律師都只說重點。」

一言提醒殷律師，她吸一口氣。

是什麼叫見多識廣的她如此難以啟齒？

如一小心聆聽。

「程里不願再做女性，她打算下半生做男子。」

如一是個博士生，且聰明機靈，一時也沒會過意來，她重複：「不做女子，要做男子。」

「正是，她希望得到程太太支持，接受她決定。」

「我不明白。」

「我也是頭次遇到這樣的事，程里的意思是，她從來不是女子，她一直視自身為男性。」

如一更加糊塗，「她是一個美女，怎麼當自己是男子。」

「她是說她是一個男人，活在女身裏。」

「笑話！」

「程里已看了幾年醫生，十二歲那年起，她便同母親說：媽媽我不是女孩，彼時她已開始發育，不折不扣是個美少女，但他對自身的認知卻完全相反，她開始穿中性服裝，喜愛運動……」

程如一張大嘴，合不攏。

「醫生說，這種情況在胚胎時形成，人類胎兒起初形成並無性別之分，在十二週時段生長性器官，但，要待兩個星期之後，即十四週，腦部才認知性別，多數不成問題，意識與器官配合：我是女性，或，我是男性，但內分泌會犯錯，明明是男性器官，它會配錯女性意識，這是程里的例子。」

程如一用手托着頭，忽覺頭顱千斤重，不勝負荷。

「這也是無可奈何之事，內分泌錯一點，孖生便成為連體嬰，或是肢體腦部殘障，程太太應當接受、愛護。」

「程太太不是盲塞之人，她只是反對程里接受手術改變女性特徵。」

如一緩緩站起，「不！」

「程里要服食荷爾蒙及切去乳房，改裝器官。」

她竟如此決絕。

「兩位程太太與大小姐均表示反對，但程里已成年，她不耐煩，委託我正式辦理與母親脫離關係手續。」

如一總算弄明白了，「程里要做變性人。」

這是極之吃苦的一件事。

她是萬中無一的美人。

不是說長得不好看的女子便可隨她去，但如此美麗的外形，程里竟不屑一顧。

原來是這麼一回事。

這時程表回來，敲門問：「三妹你可會在家染髮，幫媽做一做顏色。」

「行。」

程表看到如一蒼白臉色，「你知道了。」

「是。」

「請你回來，是想多一個意見，你長年生活在外國，意見可能不同。」

「你們反對，我也是，怎可作出如此慘烈行為。」

「啊，願聞其詳。」

「程里要做男子或是女子，不能勉強，悉聽尊便，但身體髮膚，受之父母，焉可摧殘。」

「我們也這麼想。」

「切除那樣美麗且負有育嬰神聖使命的乳房——」

「豈止，她一併連其他表徵都要改變，不久，我們會看到一個有鬍髭的程里。」

這時，程如一忍不住落淚。

程表說：「我的眼淚已經流乾，我沒有話說，家母更表示放棄這個女兒。」

如一沉聲說：「怎可放棄，你會因為一個人的天生殘疾而唾棄他？程太

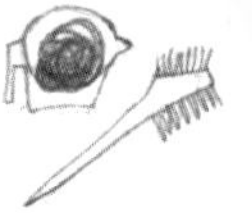

太如今少了一條腿，她不再是你母親了嗎？」

「啊。」程表慚愧。

「這並非程里選擇，她是至大受害者，她天生如此，意識與性別不核對，自十二歲痛苦至今，她並非貪玩：噫，做完女人做男人也有趣，怎好放棄程里，我已決定她永遠是我家老二，管她是美女抑或美男。」

這時有人自如一身後緊緊擁抱她。

那人是程里。

程里把頭埋在如一胸口，姐妹倆相擁無言。

程表十分感動，「三妹確有與眾不同的胸襟。」

殷師嘆口氣，「大家努力加餐飯吧。」

「三妹真好，沒有成見。」

「連教宗都說：我有何資格具偏見，包容，便是慈善之心，慈善，應由本家做起。」

可是，一家女眷，還是沒有胃口。

黃昏，三姐妹親自替程太太染髮。

程如一長居外國習慣不求人，手勢最純熟。

她選擇「柔和棕色」，沖洗時替程太太戴上嬰兒用洗頭環狀帽，以免濕臉。

程表訝異，「三妹真周到。」

「她是藝術家，懂得細節。」

洗淨頭髮，捲起吹乾，同店家成績不相仲伯。

程太太說：「真不捨得如一走。」

看護微笑，「我也會替程太太做。」

晚上程如一考慮是否把程里私隱告訴陳家人。

還是待見面才說吧。

陳家人倒是什麼都不瞞如一：「找到第二坑，屍身全部沒有頭顱，卻又不葬一起，它們在何處。」

害如一做噩夢，看到戰區無頭的大人與孩子擁抱一起瑟縮，她大驚，跳起床嘔吐。

程媽聽見聲響，前來張望，只見女兒坐地掩臉。

「如一，不要太難過，唉，我滿以為你在外混了這些日子，已經女心如鐵，沒想到仍然脆弱。」

「太可怕。」

「你問問程里可有轉圜餘地，別太傷她母親的心。」

如一喘氣，像小時躲避鬼怪用被褥遮住頭。

還聽母親說：「這種事，假使發生在我身上，不知如何應付。」

如一緊閉上雙目，忽然幽夢再次來襲，她與程里一起，不知怎地，一大群閒人追着她們咒罵，還有人扔石頭，如一急急拉着二姐奔跑，那些人追上撲向程里，「妖怪，妖怪」，他們按程里在地廝打，如一發狂，抓到一把掃帚，沒命價回擊，終於拉出程里。

她倆拼死命逃到家，緊緊關上門，程里雙手掩面，不願放下，如一拉下她雙手，發覺她整張臉皮血淋淋已被撕下。

如一驚嚇非同小可，渾身簌簌發抖，「不怕，我替你縫上去，不要怕」，她取來針線，一針一針把程里的肌膚縫上。

「沒有人看得出」，如一這樣說。

針不小心刺到手，她痛醒，發覺全身冷汗，雙手還在顫抖。

她大叫一聲，跑到浴室淋冷水浴。

半晌才鎮定下來。

換上便服到廚房找早餐。

女傭說：「吃燒餅油條可好。」

如一大口大口吃，女傭又替她斟出淡豆漿。

吃飽世界不一樣，觀點與角度也完全不同。

母親起來，晨曦裏看她，比平時又老一些。

程媽也端詳女兒，如此說：「小時抱起你，總是對着媽媽嘻嘻笑，真是個歡喜糰，好幾次覺得活不下去，看到你那泡泡臉，又覺得醒轉還是好事，但，子女長大，總會忤逆，這樣不妥，那樣不公，什麼都是父母的錯，程里最稀罕，連性別都要調轉，這也是父母不對？」

「母親，程里並非故意。」

「真叫我起雞皮疙瘩，親戚知道，可怎麼好。」

「不見他們，也沒有損失。」

「你怎麼與程里一般口徑。」

如一忽然想念她，把一份早餐包好，打算送給程里。

程里在大學泳池。

如一看到她手提兩隻五磅啞鈴練習翻筋斗，那是抵達池邊反身基本動作，由程里做來，無比優美，恍如人魚。

她又負重在水底步行，漸漸增加速度小跑步，這時看到程如一，游上池邊，用毛巾抹臉。

如一想起噩夢，忍不住雙手撫摸程里面孔。

走到花園，如一奉上早餐，「趁熱吃。」

程里一看，「我不大吃這些。」

「比三隻生雞蛋美味。」

程里笑着吃起，「幾時回去？」

「嫌我嘴多。」

「如一，我心意已決，自七八歲起我便覺得花裙子蝴蝶結好笑，一貫穿長褲襯衫。」

如一答：「我也是，只覺女服滑稽，東開一個孔，西有道裂縫，通通以賣肉為主，侮辱女性。」

「你不同，你思想先進，我是肉身完全不符思想。」

「為着生母着想，可否延遲手術。」

「你指延遲至她不在人世。」

「老實說，那一天還會遠嗎。」

「有人活到一百零八歲。」

「你如此傷她心，她不會。」

「你也責備我。」

「人生在世，總要有所犧牲，你管你易服，有我陪你，看樣子大姐也很少穿蓬裙，讓失去一條腿的生母舒暢一些，也是好事。」

「游泳教練已應允我轉往男泳隊。」

「什麼？」

「不是女隊員，那一定是男隊員，校方不願損失一名泳將，於是教練徵詢男隊員可有意見，可以私人發表守密建議，可是，等足個多星期，沒有人上前見教練，我已順利加入男隊。」

竟如此寬容，快變成縱容。

程如一自新聞得知北美已設三種公眾衛生間，一種給自我選擇性別者用。

如一一時不知說什麼。

「我想我還是回到英國居住妥當，那裏，許較多生活空間。」

「也不能太招搖，有些人仇恨逼害每一件他們不了解的事，最好一把火燒光，淨化這個世界，你當然知道奧運鐵人十項金牌體育健將真納氏，他在五十歲；生育三名子女後忽然做手術變為婀娜女子，轟動全球，最近美國有間酒吧不問她心路歷程，在男女衛生間貼上他『前』與『後』照片諷刺有加，老二，這條路不好走。」

「難道我不知道。」

「與眾不同是要吃苦的。」

「我沉吟至今。」

「老二，我不捨得你做男人。」

這句話實在太荒謬滑稽，程里聽了忍不住笑出聲。

「假使成為事實，那麼，你所有身份證明文件都需要更改，找工作也有一定困難。」

「殷律師已經忠告。」

「殷律師可有方法。」

「我沒有犯罪，她沒有意見。」

語氣倔強，如竹枝般不折不撓。

這樣性格能不吃苦。

如一心痛，緊緊抱住程里。

大姐這時找人，程里不願見她。

「我不日將返美東岸進一步訓練。」

「那更加爭取多見大姐。」

「老姑婆她說話難聽。」

「你的口氣又何嘗和善。」

大姐桌子上放着一男一女兩隻軟布洋娃娃。

「給一下意見，本公司打算生產兩款生理真實人偶提供醫院與警方使用。」

如一上前，打開人偶的衣服細看，樣板做得十分精細。

確有這種需要，好讓不擅形容的兒童正確指出關鍵。

如一說：「人偶尺碼可以放大一些。」

大姐說：「我也這麼想。」

「學校可需要一副？」

「某些家長強力反對，說會教壞孩子。」

如一激動，「那麼一併連消化系統與呼吸系統也不教為上，一於無知到底，教育知識，是賦與力量，讓兒童知曉何為對，與錯，叫他們警惕不懷好意的畜生！」

程表拍如一背脊，「我也這麼想。」

如一學着一些人手舞足蹈：「學壞了，學壞了，米氏的大衛像下身也需遮起……」

「三妹真是性情中人。」

這時，如一收到一通電話。

她站起說：「對不起，我要走開。」

如一出門走到走廊。

程表對程里笑說：「誰與二妹在一起，必吃苦頭。」

「她表裏如一，也沒瞞着任何人。」

電話是佟至的。

「程小姐，為何更改婚期。」

如一無奈，「兩人都有事不在你那邊。」

「改到何時。」

「尚未決定。」

「不是退縮吧。」

「不，不，肯定勇往直前。」

「如一，夜長夢多，不如一切從簡，索性刪除訂婚儀式，改為簡單註冊結婚，大吃龍蝦，大喝香檳。」

「我與陳家人商量。」

「家人可好。」

「在戰區地獄，叫我擔心，叛軍一月內已炸毀六間醫院，必有危險。」

「幾時返轉。」

「人手短缺，未能定時。」

「有消息切記知會我，想念你們。」

老友佟至真是沒話講。

回家這一趟，如滄桑許多，已不計較喝酒的地方四壁是黑是白，四周的人説些什麼。

今日，她堅持只剩兩點：那人必須是陳家人，喝的一定要香檳。

程表的助手四處找她。

「大小姐下班了，找你一起回家。」

見到程表，她已換上淨白色妹裙。

如一嚇一跳，「發生什麼事？」

轉頭，看到程里也一臉無奈：穿同款裙子，窄身，大裙小小雞翼袖。

「今日家母生日，我們在家陪她吃蛋糕，老三，你也換上吧。」

如一就是這點可愛，二話不說：「遵命。」

她在屏風後換上新裙，非常合身。

三姐妹站在鏡前，幾乎看不出誰是誰，苦中作樂，三女笑得蹲下。

司機、管家、女傭，見到都咧開嘴笑。

兩位程太太先是瞠目，然後笑得雙目通紅。

如一大聲說：「蛋糕來了，美酒來了。」

唱完生日歌，如一切一大塊奶油蛋糕，忙不迭送進嘴。沒有不節食的女子，如一大抵有三年沒吃蛋糕，只覺恩怨情仇，盡在奶油香甜中融解，「唔唔」，她如此表示。

程媽問：「接着往何處，可是跳舞？」

「在家替敬愛的母親大人按摩。」

「如一最拿手。」

程里卻說：「你們沒見識我的身手。」

她即時輕輕替母親捏肩膀，不和的母女忽然和洽。

如一說：「母親，我也替你揉頸。」

大小姐說：「我搥腿。」

程太太有感而發，「沒有男人的世界多平和。」

如一說：「是一見男性便開始爭風喝醋的習慣不妥。」

「所以全女校的風氣與功課較高。」

「多麼封建。」

「這是事實。」

「男女校有優點，一早叫小女生領教到男生醜陋真面貌，一次體育堂過後他們打球回來，脫去球鞋，臭得連老師都受不了。」

程太太說：「你還沒見過他們年老，各式各樣猥瑣惡習全露……身體各部份發出響聲：咳嗽、吐痰、鼻鼾、關節啪啪響，抱怨，摔東西，大聲呼喝問天地萬物在何處，尤其是坐在浴室問要報紙之類，又嫌世上沒有一樣好吃東西……」

程媽接上：「工作時從不做家務，退休後更不會抬一根手指，沒有收入，沒有嗜好，乾過日子，這樣一個人，耳聾眼矇，廿四小時對着，如何是好。」

如一笑不出，她倆是在說同一個男子吧。

父親真的那麼不堪？

「女人年老，總還知道打扮着，忙洗頭沐浴潤膚，越做越仔細——」

「母親愛惜同性，我見過許多婦女一早放棄，形容如同丐婦，蓬頭垢面，衣裳披掛。」

程太太說：「做人真難，稍有閃失，便摔進坑溝。」

程里一直不搭腔。

「無論年齡性別，總要自身爭氣，平和過日子。」

說着，程太太渴睡。

人客輕輕告退。

如一在車上問母親：「父親真的那麼不堪？」

「有過之而無不及。」

「啊，年輕時呢。」

「我見過他在工程學院銅獅前穿着紫色皮夾克制服照片，倒是面如冠玉，不過，那時我不認識他。」

「人總會老去。」

「他失去年輕優勢之後，劣性變本加厲。」

「不要再說了。」

「那你不要再問。」

「你好似還在生氣。」

「不說就不氣。」

「母親，過幾日我就回轉。」

「對那意中人，烏珠睜大些。」

程如一不出聲，也許看對，也許看錯，此刻，陳家人是最好的。

「母親，程太太今年幾歲。」

「我從不知道。」

女性日漸自重，不大願講是非，倒是男人，變得嘴碎，喜抓女性小辮子，不顧自尊，講個不已。

翌日，程母問程太：「你猜子女老說忙得透不過氣，沒空與我們見面，究竟為什麼。」

程太太幽默，「不想見我們。」

「我們可怕嗎。」

「無話可說，意見不合，講多幾句便冒火，為免得罪，影響將來財產承繼權，故作忙狀，無暇見面。」

「可真如此！叫人心寒。」

「我對子女的心，早已泡在福馬林中。」

兩位程太相視大笑，看護問：「什麼事告訴我也笑一下。」

「你可有子女？」

「沒有。」

「那就還沒有資格笑，不過，也不會讓他們氣哭。」

看護知道她倆不是姐妹，而是嫁過同一男子的不相干女子，沒想到晚年成為朋友，最難得是三個漂亮女兒也和睦相處。

程如一已經在收拾行李準備回去努力功課。

她在找一件老布棉襖。

專賣中裝的店家說：「可以為你訂製一件。」

如一畫出樣子。

「唷，還要可以水洗，程小姐，但凡名貴衣物，全部不可水洗。」

如一與佟至說：「陳家人一直想要一件棉袍——」

「你不早說，我有製作戲服的友人。」

「那就託你了。」

「我有家人尺寸，放心，一定辦妥。」

「你打算怎樣做。」

「布料先縮水，再用尼龍棉襯裏。」

「世上無難事，只怕有心人，你要什麼，我替你帶。」

「聽你這海口，我要一張清式紅木嫁妝床。」

「對不起，我造次了。」

「聽你口氣，這次回娘家倒也算愉快。」

「回來才把詳情告訴你。」

「想念陳家人？」

「不再多說了。」

下午，大姐找如一。

如一不問首尾，「馬上到。」

發覺程氏機構正在裝修。

大姐迎出，「聽說你喜歡全白。」

咦，這是幹什麼。

「替你裝修辦公室，預備你將來上班。」

如一駭笑，「我對製作業一竅不通，大姐必然失望，我疲懶不堪，凡是捱夜、苦幹、規則的工作，全不適合，我只是半年歐洲、半年亞洲的觀光客。」

大姐不理她，「聽說你有自己的裝修專家？」

「你是聽家母說的吧，她誇大其詞。」

大姐坐下，「昨夜，我又夢見父親，他慣常坐在暗角落。」

「啊。」

「這次，我連他輪廓也看不清，但我知道他與我共處一室，我沒有抱怨他不開燈，也不再去找燈掣，因為自過去夢中，知道燈泡、燈掣全部失效，我只對他說：你出門小心，我有事先走一步，在家等我，我很快就到。」聲音漸漸低下去。

如一不敢出聲。

大姐嘆口氣，「我們有朝一日，總會想起父母。」

如一沉默。

「如一，請你陪我去看醫生。」

如一跳起，「何事。」

「右胸，近腋下，有一腫塊，已去醫務所抽細胞樣版檢查，今日去拿報告。」

如一震驚，說不出話。

「老三，記住，無論報告如何，決不能與兩位程太太提起。」

如一點頭。

報告結果：二期乳癌，即時做標靶治療。

醫生說：「你是妹妹，你也檢查一下，這種病變，會得遺傳。」

如一問：「程表，可會治癒？」

「醫生豈能保證，這一年內，她將多次出入醫院。」

走出醫院，程表再叮囑：「不可透露風聲，程里是哭寶，一下子叫喊出去。」

如一緊緊握住大姐雙手。

鐵漢如一，手指也冰冷。

「古人說什麼，生死由天，富貴有命。」

如一嗆住，鼻子通紅。

「我若有什麼不測，公司交給你。」

「我——」

「別讓別人說，程氏無男丁，做幾個模型都喊救命。」

這時，也只得應允才說。

回到程宅，在臥室，如一檢查大姐身上腫塊，像花生大小，會得滑動，

「痛不痛」，「不痛」。

「腋下是淋巴腺最密集之處。」

可是大姐平時不煙不酒，食物清淡，這是怎麼回事。

女傭在門外問：「大小姐三小姐可吃點心。」

程表揚聲：「白粥。」

然後她回答老三，「我失過戀。」

是，失戀毒如山埃。

「一次失戀，足以減壽，他欺騙我，然後丟棄我，其間，控制我，威嚇我，勒索我，且兜頭兜腦打我，目的是要我的妝奩。」

如一怒火中燒，「這人在何處，我徒手掐死他。」

程表木着面孔，「過去的事，不必再提，怎麼，你在親戚間，沒有聽過這件不名譽的事？父親生前，曾用一筆現款，贖回一些照片。」

「不，我沒有那樣多事親戚，我沒有聽説過。」

「現在你知道了。」

「彼時你年少無知。」

程表忽然微笑，「老三你真可愛。」

「大姐，你好好治病。」

「有時間到公司實習。」

一路回家，如一腳步飄浮。

走入寢室，掩臉飲泣，一屋五女，已有兩個傷兵，一個又要自殘身軀，如一覺得無比精神壓力。陳家人又身在戰區，見不了面，說不了話，今年真糟糕。

她嗚咽許久，總算盹着。

半夜，陳家人找。

「我服務期屆滿，不知怎地，這次出差特別辛苦，故沒申延期工作，可能是時不我予，廿多歲時有力氣在營地打着煤氣燈做檢驗，今日，一入夜就似得了夜盲症看不清楚，不說了，後日回家。」

如一放下心頭大石。

「我到你家拜見伯母如何，順道接你走。」

如一聽到這話一怔，「我還沒準備好。」

陳家人那邊一陣沉默。

如一急，「喂，喂。」

「我還在這裏。」

如一忍不住，把程表的病情告訴家人。

連見多識廣的家人都吃驚，「禍不單行。」

「因為不痛，一直沒察覺，已經二期。」

「你哭了。」

「我不中用。」

「如一，你也得檢查一下。」

「明日我就去醫務所。」

「我知道，如一，你是女兒，走不開，不比兒子，最主要是妻子說什麼，才會急急如律令。」

「多謝體諒。」

「回到家，我還要整理資料做報告，這樣吧，早晚與你說幾句。」

「讓佟至來裝修公寓。」

「對，隔壁公寓已經搬清，婚後一人住一邊，擁有相當自由。」

如一咕咕笑，「家人，你是我神明，與你說話，我心頓時明亮，並且覺得無上安慰，又可以活下來。」

「如一，振作，程家這一陣子靠你鼓勵。」

這話不假，上午，陪程表做醫療。

如一陪大姐閒聊，分散注意，看護眼光嘉許，她本人也接受抽血及抹片檢驗。

程表輕輕說：「我仍然鍾情漂亮男性，高大，英軒，我喜歡他們站立扣外套鈕扣那周到小動作，又愛看他們微微挑動濃眉打眼色，運動時強健肌肉，專注工作時又有美態，儘管失望，仍懷憧憬。」

「這種男子，萬中無一啊，大姐。」

「並非沒有。」

「他們也老得快，聽兩位太太說，我們父親年輕時也那般瀟灑，但生意失敗，雖留有後路，便老了下來，一段時間，不換衣服不洗澡，故意糟蹋自身。」

女看護進來說：「兩位可以回家了。」

大姐問：「下午有事否。」

「陪程太太試新義肢。」

「那是我廠精心打造，希望她滿意——程里這個沒腦子的人呢，把她叫出來。」

「大姐，我也一樣。」

程表忽然撫摸老三面頰，「你是程氏生力軍。」

結果三姐妹前後腳都到齊，護理員幫程太太整理妥義肢，老人家緩緩站起，顫巍巍開步走，忽然輕輕說：「我還能走往何處。」

看護答：「走到幼稚園看胖孫上課，走到郵輪甲板看冰川與鯨魚，走到繁花公園與女兒散步……」

程太太連忙回答：「是，是，說得好。」

大家擁成一堆。

少了程如一不行。

程太太一步步走到如一家探訪另一位程太太。

程母說：「一點也看不出。」

她正準備晚飯，見到諸人，十分高興。

程太太居然有興趣管閒事，打量一下，「屋子太小，我替你搬一間較大的，將來老三帶先生一起住。」

老三即時大聲說：「不，不，我不與老媽住。」

程太太瞪她一眼，「要多忤逆就多忤逆。」

傭人做了極其簡單的青菜泡飯加鮭魚肉，極度清淡，怕小姐們吃不慣，外加一碟白切雞。

程里說：「天天十二安士紅肉的習慣真得改一改，大姐一直說不吃肉沒力氣。」

程太太說：「大姐忙一家開銷，你們也不幫她。」

「那裏就至於這樣，她老姑婆全靠勤工做寄託才真。」

「你們幾時結婚生子，我們好抱胖嬰。」

程媽說：「提到嬰兒，一日在超市看到一名笑臉濃髮兒，我竟有無法抑止欲望想把他抱起緊緊擁懷中，事後自覺變態。」

可憐。

程太太說：「我喜歡那種一歲大剛會站會走的小孩，明明是小人兒，卻不似真人，會得打招呼，說『你好』，趣怪之極。」

如一忍不住說：「敬愛的母親，養活他們，又是另外一件事。」

「還用你提醒？你便出名難養。」

「誰最好相與？」

程太太瞪眼，「光是叫練琴已經差不多將你倆扔出街。」

「為什麼人人要練琴，學了十年，一無所得，只得破壞母女感情。」

如一說：「聽，聽！你可要看我那套五隻尺寸大小不同提琴？光是一支琴弓七千美金。」

「成績如何。」

「已經十年沒碰。」

一家人笑得彎腰。

程媽有感而發，「若有女婿在場勢必不能暢所欲言。」

「女婿是嬌客，重話說不得。」

看護說：「程太太，我們要回去了。」

如一送客。

她知道，陳家人再遷就，她們也不能放肆，如一數日內，必須回轉美國東岸。

程如一請教殷律師。

殷師答：「我並非阿波羅在特爾斐的神壇。」

「您贈幾句。」

「女人，不為男人，不為金錢，或可和睦相處。」

「講了等於沒講。」

「沒想到你們相處得如此融洽。」

「我也納罕。」

「程表昨日來做了遺囑。」

如一一顆心沉下去，「你知道了。」

「醫生說有治癒率，她這人做事太過細緻縝密，但遺囑條款簡單，公司一人一半，程里那半，需在程太太去世之前她不更改體態才可領取，你的

50% 沒有條件。」

如一問：「倘若老二不聽從呢。」

「全歸老三。」

「我要一家醫學模型公司來作甚。」

「真有趣，沒份的人往往沒臉沒皮的死爭，有的卻不稀罕。」

「那座辦公大樓猶如牢獄，好人都關出病來。」

「且不去研究，這程表也是，好端端做什麼遺囑。」

程如一忽然鼻紅，「大姐是我見過最有風度品味的美女。」

「程里也如此說，程表衣着優雅，在乎不為人知，低調幽靜，你只記得她看上去舒愜以及切合身份，但不會記得她穿過什麼，一次看到她戴玫瑰金居天者款式勞力士，叫我驚喜，你看她髮式，搖一搖便可出門，身上沒有香氛，曾戲言與她偷情不怕留下痕跡。我欣賞她工作能力特強，態度特別鎮靜，又從不威震伙計，但凡下屬急得團團轉要跳樓之際，她往往緩緩走出，『別急別急』。我是男人，她是我唯一對象。」

這樣情深款款表白，叫如一吃驚，「殷師你至今獨身——」

「我與程表，均無可藥救喜歡男性，只是沒有勇氣繼續投資精神力氣，可見報酬只是傷心失望，我倆樂於提早退休，以免貽笑大方。」

「大姐說她最喜看男人脫T恤，往往不管三七廿一扯着領口便往上拉，不比我們，輕輕端着衣衫下端往上挪。」

「唉，俱往矣，當下，還看你的了，老三，去，把他們耍得神魂顛倒為我們老女報仇。」

「我？哈哈哈，我何來本事。」

「你那伴侶至今尚未追上，可見給你充份空間，也算難得。」

「陳家人是最好的。」

殷律師不出聲，年輕女子都如此，堅決相信只要對別人盡心，別人會得回報。

校。」

如一當下說：「我也快要回去，寫出研究，告一段落，不能一輩子賴學

「研究什麼。」

「米開朗基羅所作『聖殤』畫像及雕塑中之聖母疑是抹大拉的馬利亞一說。」

「我的天。」

如一煩惱，托起頭，「功課真討厭。」

「叫你最為難的，恐怕是家眷不想你離開吧。」

「我也不捨得。」

「為什麼不把陳家人叫來。」

「家人有工作在身。」

「一個法醫，最怕是什麼。」

「最怕是孩童小小身軀躺不銹鋼板上有待檢驗。」

「唉。」殷師又嘆氣一聲。

如一還要加一句，「最難過是他們仍然可愛一如熟睡。」

「我們去飽餐一頓吧，把老大老二也叫出來。」

可是程表說她不舒服，指明讓老三帶一碗青菜煨麵給她。

那晚，她讓三妹看抽樣做檢查傷口，不知恁地，腫得拳大，紅且痛。

「不行，立刻找醫生。」

「讓我吃完這碗再說。」

醫生趕至，她只看那紅腫部位一眼，不加細究，手指卻按到程表頸邊大動脈。

她只說兩個字，「入院。」

程如一按住醫生手，「什麼事。」

「病變細胞蔓延。」

一邊，程表緩緩吃麵，異常平靜。

如一忙幫大姐更衣穿鞋。

醫生已經叫了救護車。

如一扶大姐出門，這時，程表忽然說，「三妹，你不必一起。」

「我一定陪你。」

「不用，我想獨自靜一會。」

「我不出聲就是。」

「小妹妹真的不用。」

「那我明天一早來。」

如一送到門口，鄰居紛紛上前看視白車。

醫生告訴如一，「靈糧醫院。」

第二早天濛亮，如一便趕到醫院。

找到病房，推門進去，看到大姐正準備出院，醫生臉色凝重，在她身邊不住說話。

如一握住大姐手不放，兩人手指冰冷。

醫生向如一點頭，出房。

程表吩咐司機：「回公司。」

她所知的天地，也不過是程氏辦公室。

到公司剛好八時三十分，並未遲到。

如一說：「我替你買早點。」

程表答：「坐下，今日起，學習上班。」

「恕難從命！我什麼都不懂。」

「聽我說，坐好，你知道華盛頓郵報的督印人葛蘭姆太太吧，報紙由他父親創辦，並不出名，她是名媛，優哉游哉，父親突然去世，女婿臨危受命，改革報紙，壓力太大，不久自殺身亡，責任落葛蘭姆夫人頭上，這個連開支票都生疏的女子不得不承接下來，接着的故事，你也知道了。」

「不，不。」

「再說一個不字我掌你嘴。」

「大姐，我不是程里，我並非你真的妹妹，不要用這種嚴厲口氣待我。」

「妳如何不是我妹，不是我供書教學你到得了今日，程如一，受人花戴萬年香，受人恩果千年記，滴水之恩，當湧泉以報，程里氣壞母親，你難道還要氣死我，依你說怎麼辦，程氏企業索性隨我煙滅灰飛？我坦白老實告訴你，程氏兩家經濟老本早已掏得七七八八，這間大廈的根基無論如何動不得，生活費用靠的是年度利潤，程三小姐，不信你可以查賬本。」

程如一退後一步，她不是白癡，當然知道，在最昂貴都會兩家如此生活水準是什麼價目，由當家大姐親口告訴，驚訝非同小可。

「兩位程太太可能活到一百零八歲，生活費用若比壽命先結束，你忍心否。」

如一目定口呆。

「程里不近人情，難道你也是？你不願返公司，莫非因為那個人吧，那人巴不得把你搶到身邊，佔為己有，聽其操控。」

「不，陳家人並非那樣。」

「如此肯定？請聽過來人一語，開頭都說得好聽，爬地上追求，目的達到，一陣風吹過，你若論理，還是你瞎纏壞了名聲。」

「陳家人不是那樣。」

說了那麼久，程表忽然喘氣，她累了。

如一連忙捧上茶杯。

鐵漢般程表忽然落淚。

「大姐。」

「算了，說破嘴也枉然，你們都把自我放第一位，略作次等犧牲亦不願為，你，你，你可以嫁十次，只要不是此刻離開兩個病人，程里，過些日子可以把頭顱除卸鑲到屁股，但不，你們趁家有大難便即時棄船，好，都散了吧，船將沉，蛇蟲鼠蟻速速四竄逃命。」

如一心如刀割，幾乎站不穩。

忽然身後有一把聲音傳來，「老三，你總算也領教到大姐的本領了，聽她一席話，你足以想自殺可是，這人有多厲害，你現在知道了，她唇如刀，舌如箭，我聽了可有十年八載，已經得道成仙。」

「救命，一人少一句可行。」

三姐妹總算靜下來。

吵架也是一種心意交流，至少玉帛相見，開心見誠，總比什麼都不說，一走了之好得多。

如一頹然，「父親仍在不會有這種煩惱。」

程表與程里一聽此言，忽然大笑。

「他在？早把公司撥到某小明星名下，你我多添數名幼小弟妹，我們這三名老女真要討飯。」

如一退後一步。

「老三，你對世人、世情、以及自己父親，一點概念認識也無，真可憐。」

程里連忙補上：「也確實可愛。」

如一坐到地上，不願起來。

三女終於噤聲。

程如一問老二，「你都知道了。」

程里點頭，「沒想到大姐會比我先割切乳房。」

「什麼人告訴你。」

「殷律師覺得團結才有力量。」

如一還不覺悟：「要是有個大哥就好了。」

「三妹尚不死心，若有大哥，家當早為他們伉儷掏盡，還輪到我們三名賠錢貨。」

「我很累。」

程里叫人拿香檳進來，純熟開瓶斟出。

大姐舉杯。

「慶賀何事。」

「沒有男人，不必爭，我一個自在自由撐到死那天。」

程里說：「不是你一人，三妹已決定留下，是不是三妹？」

大姐看着程如一。

如一緩緩地，陰陽怪氣，「你呢，老二？」

「我能走嗎，這是我親姐，心狠手辣，我一走，連生活費也無着落。」

大姐聽了，淚流滿面，啪，啪，啪，一下一下鼓掌。

忽然有人加入拍手，一看，原來是殷律師，她一邊說：「好了，好了。」

她也取起香檳喝盡。

「我做手術的事，別讓家母知道。」

程表臉頰已經凹下，面色焦黃，巾幗也怕病來磨。

如一心如刀割，她見過不少例子，一得癌症，即時落形，再過一陣子，會變骷髏。

她站起，「先從人事部開始熟習吧。」

巡視各部門，竟用足三小時。

如一也不覺得累，程里與助手一直陪着她走。

她把名單與級數記得一清二楚。

誰説樣子可愛不佔分數，程里與程如一都特別討人歡喜。

在一個大統間外，如一看到一張空桌，咦，這裏好，看全場，程里像是知道她想什麼，輕輕説：「這是老爸生前座椅，一直空着，只有開會時他才坐進房間。」

「你坐何處。」

「我並非員工，沒有桌子。」

「我呢。」

「大姐已替你裝修辦公室。」

「啊。」

「人人都會害怕責任。」

如一苦笑。

「就這樣，你為家人丟下愛人？」

「我要親身回去一次，面對面說清楚。」

「到底是程家女有情，有些人，傳一個電郵『我們分手吧』算數。」

「那是看不起自己。」

「沒有幾個人似你那樣想。」

「程里，你的事，也得耽擱下來。」

「是，出賽奧運，已成泡影。」

「老二，父母養育你多年，自幼兒班升小學到中學，往美國東岸名校習泳是什麼價目，從來沒逆過你意，聽說洋娃娃多得可以當病人排隊讓你當醫生診治，怕你寂寞，置小小機械人陪你說話跳舞，它們半夜到處活動嚇人——」

「不要再說，結果父親一去世我們都成孤兒。」

「我這次去幾天，馬上回來歸隊。」

「累你犧牲自由。」

「我也姓程。」

「你一定要回來。」

「我若撒賴你們也別當我姐妹。」

「這話是你說的。」

如一向母親告辭。

「最多五天，記得向學校告假。」

「都知道了。」

如一只帶幾件替換衣裳。
沒想到東岸天氣已涼。
陳家人見到她，「如一，你本來是小胖子，竟瘦這許多。」
「家人，我思念你，每一刻都想起你。」
「我先送你回家，我還要開一個會，會後即時趕回。」
如一緊緊挽住陳家人手臂不放。
家人左手尾兩指受傷打着石膏，手臂與臉上都有擦傷之處。
「情況險峻？」
「為着權益，政府軍與叛軍都不把人民當人。」
「你也消瘦不堪。」
兩人在車內緊緊擁抱，恍如隔世。
車子到門口說聲「休息」又駛走。
幸虧佟至在新居等如一。

抬頭見到如一，「我的天，你是誰？這麼醜，又黑又乾，看情形你家裏真的有事，來，吃一缽香檳煀牛腰。」

新公寓可是真的裝修完畢，是程如一歡喜式樣：全乳白，一張漂浮木搭拼桌子，一邊還留着若干蠔殼，兩張仿明式太師椅，其餘空蕩蕩，但近窗擺放兩株橘子樹，聞到花香。

「還可以否。」

「十分喜歡。」

「來，看睡房。」

寢室更加舒適，天花被一盞碩大水晶玻璃吊燈的瓔珞奢華俗不可耐地垂下，與白色四壁出奇融洽，如一讚不絕口。

沒有床，只得地下一張墊褥，如一即時倒下，對着瓶頸灌香檳。

到家了。

真正鬆下一口氣。

佟至說：「陳家人叫我訂了地方，明日與幾位最熟的朋友吃頓飯，已請結婚註冊師辦事。」

「且慢。」

「如一，還拖什麼，別挑戰陳家人容忍力。」

「佟至，我只是暫時回轉，向陳家人交代之後，需回娘家承繼程氏企業。」

佟至沉默良久……

「對不起。」

「咄，你向我道歉幹什麼？」

佟至把賬單給她，「這是你欠我數目。」

有人在她身後說：「賬單給我。」

如一抬頭，見是陳家人，「咦，你從何處進來。」

原來書房有一隻櫃，打開門，走過去，便是陳家人那邊公寓，櫃門即房門，是一道秘密之門。

佟至心思巧妙。

佟至放下單子，「我先告辭，你倆攤牌不要衝動，我去把廚房刀子收起。」

家人坐下，默默等如一開口。

「家人，給我一年時間。」

陳家人攤手，「你對令堂令姐也如此保證？」

「我可以兩邊走。」

「我將是你的秘密，收在地底。」

「不，不，我還沒想好，給我時間。」

「如一，我當然給你時間，我會在這裏等你到宇宙洪荒。」

這話聽上去像煞諷刺。

「我相信我們的感情經得起考驗。」

「我自問足夠成熟，你呢。」

「家人，我們不是分手。」

家人斟酒喝，輕輕嘆口氣。

「我去淋浴，你請稍等。」

如一跟隨家人到另一半住所。

她看到大桌子上擺滿文件與照片。

遠遠看到圖片題材，已不敢走近，她似乎聞到腐屍特有臭味，中人欲嘔。

她把那顆自製翼動之心，放到窗台。

然後，靜靜走到浴室門外說：「我們可以註冊結婚。」

家人在浴室裏關上蓮蓬頭，「我不在乎婚約。」

如一嘆氣，「我回學校告假。」

「可要等你晚飯。」

「當然。」

如一駕小小摩托車回校院，途中與同學打招呼。

她一貫不羈把機車扔路邊，下車，想一想，再把它停到泊車位。

老師站門口撐腰等她，「我有無看錯。」

左根生金髮藍眼，身型高大，明顯是北歐維京人後裔，擁有陽光般笑容，露出雪白特尖犬齒，確是美男子。

啊許久沒見到異性，如一深深吸氣，聞到特殊汗息。

左先生請如一入內說話。

辦公室亂成一片，差些絆倒程如一，她把書簿報誌都收拾一下，坐在地板角落，一時作不了聲。

左先生揶揄，「失戀了。」

「我想續一年假，請替我留着學位。」

「學位吃香，不一定做得到。」

「誰會讀純美術博士銜，畢業有何用。」

「做人最忌是做一行怨一行，你不信自己，誰會信你。」
「一年。」
「要這一年幹什麼，申請做火星居民？」
「學做家族生意。」
「那即是說，不再回來。我勸你把報告寫出，我批你及格，告一段落，管你以後做什麼。」
「寫不出。」
「你打算寫米開蘭基羅與宗教關係可是，何不自他在麥迪西家族以養子身份說起——」
「那是歷史與宗教，同美術無關。」
老師說：「但他用美術作品暗示教廷隱瞞某宗男女曖昧關係，五百年來教廷強烈否認。」
「我覺得很難寫。」

「家族生意好做否。」

「不好做。」

「你想妥了，打算放棄功課。」

如一不出聲。

「可否兩樣一起做。」

「我不是女超人。」

「怎麼不是，你們眼中早已否定男性。」

「這話，可當騷擾投訴。」

左老師吁出一口氣，「你若與我結婚，我就保你。」

「嘿，終於講出心中話。」

他才走近，如一已經：「喂，喂，喂。」

「給你半年，你如何報答我。」

「兩箱 Krug，三安士白露加魚子醬。」

「你迅速行動，已有學生想寫窮畫家與夜之女模特的關係。」

「生活真的開始艱難。」

程如一踩着畫冊逃離老師辦公室。

同學見到拉住她，「喂，我們需要義工。」

程如一得回家做義工。

她吁一口氣，卸下一個重擔，另外又揹上一座山。

人性的枷鎖。

說起來，她還心甘情願。

如一回到家累極入睡。

天涼，有人替她蓋毯子，她膩聲說：「家人。」

「想清楚沒有。」

家人一向遷就她，從未聽過那麼不悅語氣。

「一定要結了婚才回。」

「兩個成年人需要如此束縛嗎，你儘管回去，我等你，恕我不能陪着你去做心臟樣板，我有我工作。」

如一把臉埋在家人雙手裏。

「你已作出抉擇，應當開心。」

「她們此刻無助，她們需要我。」

「恕我直言，那一邊程家的事，其實與你完全無關，你一早知道做不到家規，那麼，只得走你自己選擇的路。」

「畢竟是至親。」

「大程太太總會熟習義肢，她們母女一定會達到和解，大姐的病絕對能治癒，屆時，懂得體諒老二的意願，你夾在當中幹什麼。」

「公司——」

「程氏公司規模中型，多年不是你大姐一人力量，必然有若干得力助手相幫，你過分操心。」

如一沉默。

「我猜到了，你喜娘家熱鬧。」

「她們待我很好。」

「我不夠好。」

如一跳起，「我永遠不會那樣想。」

「怎麼說都好，我等你回轉。」

「別生氣。」

「我盛怒，但又不至於致命，我會利用這段日子努力工作，以及檢討還有什麼不足之處，以致你延遲婚期，現在，我需要休息，醫院冷藏間有許多工作等我明朝處理。」

怎麼好怪家人實事求是。

如一輕輕退到自己那邊，向母親報平安。

「都好嗎。」

「由你創辦，現在我們每晚一起吃飯，程里說：老三不在就是不一樣。她已開始正式上班，完全不提不愉快之事，不像家人，倒像朋友：你不講，我不問，虛偽而愉快——我並不想知道，多輕鬆。」

如一沉默。

「媽媽有你撐腰，背脊骨挺直，有可能的話，把陳家人帶回大家見個面。」

「嗯，嗯。」

「我們四人在玩占霖米，不與你多說了，明日再講，啊，老二說有資料傳給你。」

程里並未放棄轉性意願。

這批資料，是她數年收集結果。

程如一這才知道，第一個做該宗手術的男子，是六十年前丹麥一個大兵，之後變為金髮的姬斯汀。

北歐諸國，堪稱全球最先進自由，並且尊重包容民意，但手術最優秀之處，還是美國比華利山某間診所。

手術過程繁複，收費昂貴，當事人心靈與肉身皆痛苦無比，是一宗大考驗。

讀完報告，程如一渾身顫抖。

第二早，櫃子另一邊的陳家人已經上班。

如一到醫院探訪。

陳家人的助手說：「陳醫生在解剖室，你穿上白袍口罩，可進去探訪。」

「這——」

「不怕，今朝解剖室有一群中學生，學校強逼教育，叫他們參觀一個服芬他奴猝死十六歲少女的心臟脾肺。」

「我的天。」

「這班青少年，不嚇不長大，看完之後，十個有十個說以後連香煙都不再吸，其中一二個會嘔吐不停。」

「我還有事，我早退。」

助手微微笑。

這時陳家人走出，脫下袍子手套，「我去沖身，你等我十分鐘。」

如一來到附近花園坐下。

陳家人濕着頭髮走近，「怎麼來了。」

「想見你。」還用更合理的解釋嗎。

「有話回家說。」

「中午見一見也是好的。」

這時，左根生電找程如一返校簽署文件。

如一到酒莊採購香檳帶着上門。

「進來，如意。」

他的發音不準，「一」是平聲，「意」是入聲，他分不開。

簽完告假書，他說：「啊如意，你誤簽賣身契。」

「結婚，是否一種賣身。」

「既然簽下契約，那總得履行條款，像尊重對方顧全家庭之類，做不到，何必佔別人便宜，不是知識分子所為。」

「你時時向我求婚，是真的嗎。」

「即時可以與你註冊。」

「彷彿對程如一有十足信心。」

「程如意年輕、聰敏、健康、富有、可塑性強，我一直在找這樣女子，如意，試一試，你或者會喜歡。」

「婚後要做許多苦工？」

「家務是世上最苦之事：收拾、洗淨、抹塵、採購雜物食物、管賬、付賬、處理文件像醫療卡放到何處……」

「都由單方面做？」

「多數由能幹那個服侍較鈍那個。」

「救命。」

「看不到你，我會想你。」

「過一陣子也就淡忘。」

「希望會那樣。」

左根生送程如一到路口道別。

如一把支票送到佟至辦公室。

賣花姑娘插竹葉，佟至的設計公司擠逼雜亂，各式樣版堆地下滿坑滿谷，如一把另兩箱香檳送上，還有大盒甜圈餅，泡來吃。

「幾時回去。」

「這一兩天。」

「可要帶什麼。」

「上次你送的貂皮圍巾，做成孩子用毛毛玩具狐狸那樣，十分可愛。」

「不再做那個，拿人家皮子取暖，有什麼可愛之處。」

「是，是。」

「可以照做，但不是真皮。」

「謝謝，謝謝。」

「陳家人沒動氣？」

「目露兇光，像是要敲暈我抬到鋼桌上支解當生理廢物丟掉。」

「如一，說真，我開始明白為什麼有一方會把另一方幹掉，你倆在一起三年多，一直拖，拖到無疾而終。」

「對不起。」

「一句對不起，浪費別人寶貴感情與時光。」

佟至把香檳倒在一隻大玻璃缸內，將甜圈餅浸入，「小的們，快來吃。」

程如一在歡呼聲中離去。

晚上做夢，一下子告訴家人，「我不走了」，過一會又說「我非回去不可，等我」，十分折磨，選擇是這樣一件事：無論選A抑或B，將來都要後悔，那樣，就無所謂選什麼了。

陳家人送程如一到飛機場。

兩人緊緊擁吻，忽然啪一聲，背脊着了一下東西，不知是什麼，不痛，但也吃一驚，低頭一看，原來是一顆水果糖，啪一聲掉落地上，誰，誰扔她？啊是坐對面的中年女士。

如一站起，被陳家人拉住，「算了」，如一不理，走近那女子，彎下腰，那女子有點害怕，瞪着程如一，如一輕輕說：「你只是妒忌。」

女子呆住。

如一這才與陳家人拉着手走開。

「如一，你這樣我真不放心。」

「家人，好好當心自己。」

「你也是。」

家人忽然輕輕哼起廣西民歌，「妹妹妹妹你不要怕，妹妹你放膽往前走——」

沒有陳家人，如一真覺前途茫茫。

待程太太與大姐恢復健康，她一定回轉。

家人揚揚手，轉身離去。

如一胸口不知什麼也似跟着而去。

她用手掩着胸膛。

有一個高大身影擋着她，如一抬頭，看到一雙藍寶石似眼睛，「老師，你怎麼來了？」

「不難查到，我是希望你快點回轉。」

「我是否一個蠢人。」

「愛惜親人並不愚蠢。」

左根生雙手握着她的頭，吻她額頭。

身後轉來「嘿」一聲，原來仍然是那個用糖扔程如一的中年女子。

這次她忍不住口，這樣警告左根生：「這女子靠不住，她另外有愛人。」

左根生哈哈笑，「多謝關心，我一早知道。」

女子氣得翻白眼。

程如一大聲說：「你還是妒忌。」

左根生給她一隻文件夾子，「好好看。」想是論文題目提示。

這次來回頭等飛機票由大姐代辦，但如一並不妄想她可以熟睡。

她把老師所擬題目細細看一遍。

全部秀逸飄渺，至高至善，與現實生活一點關係也無，治不了病，也救不得民生，當然，理論可以提升程如一氣質，不過……她盹着了。

程表親自接如一。

「怎麼勞動尊駕，身子還好否。」

「彼此犧牲一些。」

如一想說：我這次放下不少。
程表移開身體，後邊站着程太太，沒有人扶她，她站得很穩。
「哎唷，折煞我。」如一一額汗，連忙摻扶。
這時她才知道自身重要。
程太太說：「你坐大姐辦公室，大姐今晚入院。」
如一沉默。
回家洗澡更衣吃完小點，她到辦公室與程里會合。
程媽叮囑：「別過勞。」
程里私人小辦公室放一張床褥，她開通宵時小睡。
「看一看未來計劃，收入支出，可有衝突，有疑問之處會計部已打上紅圈。」
「賬簿何在？」
「在電腦上。」

「大姐何以入院？」

「做切割乳房手術。」

「不能保留？」

「今日，目的是保留生命。」

「已經迅速敗壞到這種地步，此刻才明白何以叫癌魔。」

「醫生仍然樂觀，已介紹最優秀矯形師修復體型。」

「我回去陪大姐。」

「坐下，這裏也需要你，定下心神，好好工作。」

程如一深深吸口氣，與會計部女同事一條心專注鑽研數目字。

這不過是日常流程，做完又有，有了再做，沒完沒了，這就叫生計，付出時間精力維持生活。

收入來之不易，純利更加艱難，這些年程氏企業維持程如一高風亮節的學術費用，讓她自某畫派蹓躂到另一派，通歐陸觀賞真跡筆觸，生意利潤居功至偉。

是幫忙該位當家的大姐挑一下擔子了。

深夜，一起吃宵夜，兩姐妹在小房間席地而眠，第二天再戰。

程里比如一早起，已在泳池練習。

如一把文件整理妥當，同事已來報到，趁小空檔她把生活片段傳給陳家人，一張照片勝過一千字。

兩姐妹準時送程表進手術室。

她說：「不像一個人了。」

「胡說，仍是頭號美女。」

「連乳房都不是想留就留得住。」

如一輕輕掩住大姐嘴唇，吻她手背。

她倆不想走開，只覺唇焦舌燥，無能為力，哭又哭不出。

忽然，程母帶女傭出現。

「母親，你知道了。」

「帶食物給你們，如此辛苦，沒有滋補，怎麼過日子，不想我知道的我全不知道，尤其不可讓程太太知道。」

這時兩姐妹臉頰已長出熬夜標誌小痤瘡，連忙喝綠豆百合湯。

她們一時沉默一時聊天，總算把時間打發過去。

病人自手術室推出。

小小一張臉似金紙般顏色，動也不動，如一的頭垂到胸口，怎可讓程太太看到，這還不要了老人的命。

老二老三穿白袍坐在病床邊整夜。

家中女傭來過兩次，每次帶營養湯水給她們。

如一問程里：「怎樣瞞程太太。」

「說大姐到上海看香奈兒時裝表演。」

「這就對了。」

「瞞老人辛苦？他們說瞞孩子更難。」

「孩子就不必隱瞞，遲早會知道，現在你可明白大家為何死力反對你無端端做手術。」

程里不出聲。

這時程表有點甦醒，看護進來。

程表睜大雙眼，忽然發作，扯開衣服，要拆繃帶紗布。

如一大驚，「不可，大姐，不可。」連忙阻止。

來不及，紗布扯落，如一看到傷口：平坦胸膛上兩道赤紅蜈蚣似疤痕，粗糙用鋼針鈎牢，異常可怕。

看護忙給病人注射，同時遮住傷痕，「出去，先出去！」

程里掩臉拉着如一退出，兩人坐在門口嘆息。

大姐原來有着碗型最豐滿乳房，如一與老二抱頭痛哭，傷心欲絕。

程表無奈如此，程里也想效仿，如一嗚咽，「活不下去了。」

不料看護上前干涉，「不要哭鬧騷擾其他病人情緒，快坐好。」

醫生也說：「程小姐手術結果理想，她情緒不安，可以理解，你們要鎮靜，程小姐繼續治療，家人支撐十分重要，那意思是，你們不可先亂陣腳。」

看護送上咖啡。

程里取出扁瓶子往咖啡注拔蘭地，姐妹倆略為好過。

看護說：「姐姐找你們。」

如一連忙抹乾眼淚，推門進去。

大姐只會疲乏地轉動眼珠，以及示意感激。

如一伏在大姐腿旁，不願起來。

「好了，讓病人休息。」

三日後出院，住自家公寓，不敢回家。

程媽每日探訪，帶雞湯與清淡小菜侍候，這時如一與老二又搬到大姐家住。

大姐抱怨：「吵死人，把半間公司也帶進來。」

如一對大姐公寓裝置也感意外，異常平實，客廳似辦公室，深棕大皮沙發，上世紀中葉家具，最漂亮是一面建築師法蘭萊懷特設計麥穗大染色玻璃。下午，陽光西照，為客廳添增顏色。

程表把她沒穿過的名貴美麗內衣收拾出來贈送兩個妹妹。

同時，給他們看照片：「這是我目前醜陋狀況」，「這是治癒後做畢矯型手術」，「這是用紋身技術恢復乳暈……」

矯型醫生也算得神乎其技。

程表喃喃說：「真的一樣。」

「切除部位已經處理冷藏，日後或可應用，只看血管能否接通。」

「啊。」

「不要意外，受精卵生命都可冷藏再生。」

「還可以哺乳否。」

「那就不可以太貪了。」

大家都重重吁口氣。

「噓，程媽來了，笑得愉快點。」

晚上，大姐問如一：「你那另一半，倒是大方地讓你回來。」

「事實是兩名獨立的人，我倒嚮往上世紀五六十年代女子坐後座看男方賭沙蟹的無聊情況。」

「是一位法醫吧。」

「最可怕工作。」

「之後，遺體如何處置。」

「盡量縫合拼回原狀，交還家屬。」

「你倆相愛多久。」

「三年，第一次見面，就被一雙炯炯有神眼睛吸引，那眼神像是知悉我心。」

大姐微笑，「幾時叫來我們看看。」

如一不好意思，「可是我形容太過誇張」。

「是你愛人，自然不差。」

「大姐，這些年，你沒有鍾意的人？」

她沉默片刻才說：「母親不喜外國人。」

「你那位洋人，肯定有點邋遢不修邊幅梳辮子穿破褲。」

「那是很久之前的事了，如今，只想把病魔驅逐到冥王星。」

最好再遠一點，去英仙座。

每天準十二時休息，如一會拍拍手，「又一天」，她這樣講。

大姐恢復得不俗，已可在程太面前出現數分鐘，「程表為何消瘦」，「她又失戀」，「又——」在母親眼中，三個女兒都瘦，不好看，偶而看到電視上廣告美女，「人家的女兒就是漂亮」，遺憾之極。

可是程家三姐妹一起上街喝茶，旁人總忍不住側目細看，誰家女兒如此標致。

程媽對程太說：「餘生都能這樣見到三姐妹相敬相愛就好了。」

「結了婚各自有家必然生分。」

「女兒不會，兒子難說。」

「我們的女兒不輸男子。」

程如一這樣對程里說：「你那奧運之夢勢保不住，你日後必須注射大量男性荷爾蒙，這是運動會禁藥，驗出禁止出賽。」

「提起這些，我只覺前路茫茫。」

「走一步算一步，船到橋頭自然直，這兩句話不知救我多少次。」

「如一，這些年，失去父親的你，一定也很辛苦。」

如一眼睛都紅了，「都一樣啦，等到兩位太太騎鶴西去，再作進一步打算。」

「你見過奧運有百歲選手？」

如一知道老二不再衝動，閒談時與程太太說起：「老二暫時總算打消原意。」

程太太仍然生氣，「我知道，等我死了她為所欲為。」

程媽勸：「那時你什麼都看不見，不是很好嗎。」

兩個程媽都忍不住微笑。

在程氏企業，又另一番景象。

設計部因廠家要求，做了護胸，這工具似一隻殼子，也像古時盔甲，兩邊有開關，穿時啪一聲兩爿關攏，保護做過胸脯手術病人傷口，尤其適用青少年與小孩。

護甲設計完美，但顏色醜陋。

「話梅般肉色，難看得會叫，請設計圖樣噴上。」

「超人等標誌需申請版權。」

「就說程氏是為醫院服務。」

「立刻做。」

「老三花樣最多。」

「你說呢，幼兒青年做開膛手術，胸前戴▽S型標誌也不為過份。」

這時收到程宅女傭電話：「三小姐，你請即時回家一趟，有急事，有人來探訪你，我們見是生面孔不好放他入屋。」

有這種事。

「是男是女。」

女傭吞吐，「是男子，此刻在車裏等。」

「我馬上回轉。」

在門外看見有人坐在車裏喝程家的長島冰茶。

如一走近，原來是左根生老師。

「如意，」他下車，「我想你。」

「你這樣貿貿然上門，我家人會受驚。」

「對不起，我應該預約，但知你一定推卻。」

「知道就好。」

亞熱帶秋老虎，他熱出一身汗，面孔汗珠亮晶晶，煞是自然美觀。

這時有人開門出來，「三妹，你認識這人？」

原來是大姐迎出。

左根生沒聲價道歉，與程表招呼，看仔細了她，不禁呆住，分明與程如一是姐妹，五官相似，但氣質有所不同。

他是藝術系教授，當然懂得欣賞什麼叫美，只見女子身穿一件乳白色生絲男式袍子，上面繡滿同色蓮花蓮蓬蓮葉，寬袍大袖，顯得弱不禁風，似一幅圖畫。

程表看到一個洋漢，也是一怔。

他是陳家人？不可能，金髮藍眼，完全是哥加索阿里安裔。

兩人呆視對方，忽然微笑。

女傭說：「請進來吧。」

左根生一身汗，兩腋濕透，程如一安排他坐近風處。

「我來探訪程如意。」

程表輕輕說：「如一——『一』是平聲，不是入聲。」

「是是是。」

兩位程太太聽說有人找上門，也出來張望。

「陳先生？」睜大眼睛。

「不，我叫左根生，我不姓陳。」

程媽糊塗了，「那麼，陳先生呢。」

程如一連忙答：「那是另外一個人。」

「還有一個？」程媽吃驚，「如一，這種事，你要搞清楚。」

「親愛的母親，事情不如你想像那樣——」

程表連忙同左先生說：「我與你到小廚房吃點心。」

連程太太都面有難色，輕輕問：「如一，你的愛人是西人？」

「不，不，他是我老師，見我遲遲不交研究，急了，才上門。」

「不會吧，有如此好心的老師。」

「他是有點喜歡我。」

「洋人最實際，他們喝咖啡都各歸各付賬，無端肯出來回飛機票？」

「說，你的結婚對象到底是誰。」

「仍是陳家人。」

「我頭都黑了，不理你的糊塗賬。」

「是，是。」

「是你的頭，你好自為之。」

程如一滿肚氣，走近廚房，看到大姐與左根生低聲說話，狀甚投契。

如一靜下來，站在門角聽壁腳。

——「叫你老遠跑來不好意思，我們所知，如一的親密朋友叫陳家人」，「這圓子好吃之極，叫什麼」，「是酒釀桂花圓子」，「你家天天吃」，「近中秋，甜食特多，這碟子是蘇州月餅」……

「你是大姐，還有二姐嗎」，「老二在公司」，「只得三姐妹，沒有男丁？」「工作辛苦嗎」，忽然，已不提到程如一這個人。

「可以陪我逛逛本市否」，「這個鬧市並無去處，一個商場連着另一個」，「那麼，北京或上海呢」……

嘩，這樣談，可說到天亮。

「這樣吧，大學堂在附近，我陪你散散步。」

程如一連忙退開。

她吩咐女傭：「你打傘，遠遠跟着，天似要下雨的樣子。」

出門前兩人算是好關照：「三妹，我與左先生出去逛逛，你可有興趣。」

「請你找個地方給他住宿。」

左老師答：「如意請勿操心，我在大學有熟人。」

女傭連忙跟在後邊。

果然，不到一刻便下起雨來，淅淅瀝瀝，時大時小，沒有要停的意思，把氣溫降下三五度。

那左根生討好女性有慣技，連忙借女傭的傘遮住大小姐。

幸虧女傭帶着兩把傘，一把自用。

他們兩人漸走漸近，肩碰肩，喁喁細語。

傭人不知左姓洋人來自何處，但她也覺得大小姐有個伴多好，一屋女子，今日總算來了稀客，添些陽剛。

如一坐廚房洋洋自得吃冰淇淋。

程媽問：「人呢。」

「陪大姐散步。」

「下雨呢。」

「不要緊。」

如一放下匙羹，「我回公司，請你送晚飯給我與阿里。」

不知恁地，她心情特別好。

程媽說：「天都快黑了。」

回到公司，先把緊急文件處理妥當，然後才把消息告訴老二。

程里：「你看，男人就是這樣：現在，他不再追逐你。」

「如過眼煙雲，一陣風似消失，程如一不過是把他帶到程表身邊的催化劑。」

「作嘔。」

「左根生一表人才，只是不適合我。」

「只要大姐開心，唉。」

「可不就是這樣說，大姐有所得，我們什麼都無所謂。」

那天一直下雨，左根生與程表散步走得老遠，又打回頭，女傭跟得腳軟，最後他倆回到家門，還是不進屋子。

女傭怕大小姐着涼，或是太倦，悄悄走近，問大小姐：「休息時間已過。」

那左根生才說：「我告辭了，明天見。」

他倒是說得做得到，一連三天，都一早到程宅，老晚才走，在健身室陪程太太與程表做運動。

當然，程家包他三餐。

左根生移轉注意力，不再催程如一交卷，這洋人像其他多數洋人一樣，老皮老肉，磨在程家不走。

一日，程如一見他在廚房不知找什麼，便說：「老師，我有話同你講，請坐。」

這時連秋老虎都走了，秋雨淅淅，有這個人在，家裏的確熱鬧些，如一語氣平和。

「老師，你總有個打算吧。」

「問得好，我打算留下，已向原先大學申請調職，到此地任教，與程表進一步發展。」

啊，如一睜大雙眼，左根生是認真的，本市大學美術系規模不大，大都會不重視文藝科目，這是一項冒險。

「我已與程太太說明心意，她不反對，但也不熱衷外國人與外國護照。」

左根生走運。

「你知道我大姐尚未脫離危險期。」

「醫生對我說，紅白血球數目以及其他器官完全正常，康復率非常樂觀。」

「那，」如一忍不住開他玩笑，「我呢？」

「啊，我把你的功課學分也搬到本市，你仍跟我做研究，相信兩邊學校都會接受。」

唷，這人什麼都想到了。

「將來呢？」

「此刻，我與程表相處，說不出開心，每朝想到可以與她見面，忙不迭跳起床梳洗，前一段日子，生活得心灰意冷，毫無目的，日照再也不能帶給我能量，學生個個面目可憎，大家都彷彿在混日子……」

如一納罕地看着左根生老師，他口角似愛河裏的中學生。

「你看，如意，我與程家原來有這樣緣份。」

他終於在廚房找到他要的藍芝士，這食物因為臭，女傭用錫紙包緊放在冰箱最低格。

他高興的說：「程表想吃這個。」

他離開廚房後程太太進來。

她說：「我都聽到了，這可以說是一見鍾情嗎？」

如一回答：「我不知道，但我樂意見到大姐開朗，昨天，她抱怨衣服不合身。」

「請你立刻陪她採購。」

「還用程太太吩咐嗎。」

「如一，你以後叫我媽媽。」

「是，是。」如一這才發現，原來家人開心，她更加高興。

程里對左根生事故不看好：「哄老姑婆最容易，不過，即使是一年半載，有人陪，也是好事，姐一向喜歡外國人，因此她會講德文與法文，以前，我媽一見他們便頭痛，現在不了，她傷心透頂，活了下來，看世界不一樣。」

程里接着說，接了大姐的工作擔子過來，才知她有多辛苦，「員工本年底要求加薪超過5%，還有，家母想裝修房子……」

她不自覺一天比一天像大姐。

剛說大姐，大姐便到。

坐下，在櫥門背後找到拔蘭地，加進咖啡。

「兩位妹妹，我下週搬出娘家，往自家小公寓住。」

「可是同居。」

「不不，左根生仍住宿舍，我倆都不贊成同居。對，他追你要功課。」

「你倆打算結婚？」

「有這個想法，我要待醫生報告，他說不必，他有信心我會痊癒。」

「有何要求。」

「一：婚前立約，財產分開處理，二：胸位將來矯形，尺寸不可太大。」

程里笑得流淚，阿左這兩個要求深得人心。

如一握住大姐雙手深吻，「祝福你。」

大姐輕聲說：「三妹是我家福將，你出現之前，我家如陰森沼澤。」

「大姐，今日何事？」

「我向會計部退回這兩個月薪水，無功不受祿。」

「大姐也太公道了。」

三姐妹與左先生一起吃飯。

左氏有意見：「你們三位胃口相當，我至怕女子吃得似小鳥。」

碰到大學同事，索性坐一起，可熱鬧了。

如一不慣，回家，整晚耳邊都是笑聲語聲，她與陳家人說：「大姐二姐倒是不介意嘈吵。」

家人說：「最重要健康。」

「唉，程太太一晚醒轉，竟忘記缺了一腿，落床，摔跤，扶起之後，整天沒有說話。」

陳家人不予置評，只說：「想你。」

「我也是，很快有長假，我來看你，家人。」

她們姐妹倆很快與全女班打成一片，把聯絡客戶—設計—做樣版—批核—製造—交貨之流程做熟；兩女都不是好脾氣之人，尤其與母親大人，一向對着幹，寸土不讓，但對客戶，卻柔若無骨，總叫他們舒服，並且願意讓步。

可能，這就叫天生生意人吧。

「但，」程如一這樣說：「這一切還都不致於要命，最難一關是要受用戶歡迎，那樣，生意才能持續。」

開竅了。

換句話說，是要暢銷。

貨物賣不出去，那是死路一條。

程如一為程氏企業接到兩宗新訂單。

會計部女同事說：「劉氏是南加州代理，本來，健康球這種康復器材，隨便哪一家都會得製造，偏找程氏，那劉氏負責人見到三小姐，精靈生意人會變得神思恍惚，嘩哈，美人計永遠奏效。」

「別讓三小姐聽到。」

「是，是，趕快工作。」

最替她們高興的是殷律師。

秋季來臨，天陰多雨，她有隻膝蓋做過手術，酸軟無力，站立之際，需要手杖支撐，她的幾枝古董手杖，來自網購，程里特別找設計部替殷律師服務。

——「柱底做防滑，柱身可左右搖擺十五度，外形仿英式古樣——殷師，你可要皇祖母的龍頭拐杖？」

惹得殷師大樂。

終於，冬假來臨。一年又捱到盡頭，人心感慨，故大肆慶祝。

兩位程太太與廚子女傭合作，硬是做出一席冬至菜。

左根生一看，「嘩！這一頓起碼胖十磅。」

程如一用紙杯載香檳喝。

大姐說：「今年真不好過。」

程如一大聲說：「過去了，都過去了。」

她發覺高聲說話可解除心中鬱悶，再提高聲線，像孩子般撐大喉嚨，「新年新景象！」

大姐笑說：「神經病。」

左根生卻淨掛住吃，「可否先吃這鴨汁雲吞。」

園工搬大桃花進屋，還有香入心扉的水仙，程里說：「這些荷包花與金錢花搬些到公司，放當眼處鼓勵員工。」

「桃花呢，全女班看不到桃花那可不行。」

「還有氣昂昂的劍蘭。」

園工笑着應允，「這兩盆牡丹由我們送給程太太。」

眾人嘩一聲，真正是花之王，大朵、燦爛、濃郁香氣、喜氣洋洋，象徵明年一定好得不得了。

程太太連忙拿出紅包。

當了家的程如一想，這頭家開銷真不低，多年積習，七八個傭人，無從節省。

左根生還在盤算：「抑或葱烤河鯽魚，多刺嗎？」

一個堂堂美術教授，就這樣在中華美食中崩潰。

他喜歡耽在程家，唯一的男性嘛。

程媽說：「過年，把陳先生也請來。」

如一顧左右，「今天我喝多了。」

左根生取出一枚指環，那是他們維京人特有凱爾蒂式樣，圖紋盤來盤去不斷，十分別致，「家祖母家傳遺物，可否徵得程太太同意替大小姐戴上。」

程表顯然已預知此事，微笑不語。

程太太怔半晌，「是否太快了一點。」

大家都不出聲。

結果老傭人輕輕說：「大小姐已三十出頭了。」

程如一先拍手大笑，「說得好說得好。」

程媽搭腔，「如一今晚真喝多了。」

就這樣，把程大小姐嫁出去。

數一數日子，她認識左根生才一個月，也許，已經有十年，時光，一向飄忽離奇。

如一見過左老師為大小姐畫的畫像，這人已多年沒執畫筆，畫的是抽象程表罕見嬌慵模樣，柔情像是躍紙而出，他若不愛畫中人，絕對畫不出如此美的筆觸，叫如一看得發獃，兩位程媽卻詫異，「你們看得明白？我們看是大堆米包。」

——「一起坐船旅行吧。」程太太試探。

程里笑，「誰同丈母娘一起。」

如一也不喜坐船，她覺得沉悶。

年假，如一也回辦公室，北美與歐洲都不計農曆嘛。

她咕噥：「辦公室連暖氣都不開。」

程里說：「大姐也曾如此抱怨。」

「什麼，我也變成工作狂？」

「相差無幾。」

「大姐有何打算。」

「她向我坦白，不回公司了，已經奉獻十年青春，她決意告老退休，擔子交我倆。」

「不行，她是程氏寶貴產業，我們還需要她的指導。」

「算了，一定要把她擠成渣，一點汁水不剩，才扔掉嗎。」

「社會原本如此，一個個朝氣勃勃三考出身年輕人，進入大機構，為着生活，榨成齏粉，然後，吃人的制度『噗』一聲吐出，屆時，頭髮雪白，肌肉鬆弛。」

「真是悲哀，」程里突發奇想，「再去找一找，看家父還有無私生女——」

說得這裏，知道講錯，想收回嘴裏，已經來不及。

程里懊悔，臉色發白。

她說：「掌嘴。」她用力自摑臉頰，兩巴掌下來，臉已出現紅印。

如一連忙抓住她手，「程里，算了。」

「不可算！」

如一說：「我比你更為難，裝作沒聽見，好像見外，同你計較呢，過去努力全部泡湯，由此可知，非親生，必有芥蒂，我們也不必假裝了。」

「都是我不好。」

「歷年來，你一定聽了令堂不少怨言，程如一是私生女，這三字如炮烙一般印在你心，永誌不忘。」

程里沉默，懊惱得想吐血。

如一呼出一口氣，「趕快工作，忘記不愉快之事。」

「如一，你大方。」

不大方行嗎，更像一個私生女。

如一走到小廚房，找到一罐橙皮果醬，倒在碗中，加香檳，像吃冰淇淋那樣一匙匙吃下肚，感覺好得多。

同事進來看到，吃驚：「三小姐，你會變胖子。」

不要緊，胖與瘦，身份不變，仍是私生。

她勺一匙，送到同事嘴邊，同事忍不住嘗一口，「唔——唔，天下竟有如此美味」，她瞪大雙眼。

如一猙獰地笑，「現在，你知道了。」

同事把如一手上碗盞搶走。

算了，今日就這樣下班，如一悄悄離開辦公室。

她見下雨，借了同事一把傘，傘上有雙耳朵，是一隻小狗圖案。

走到樓下，才發覺雨下得大，而且人來人往忽忽忙忙，都是趕回家的白領，臉色泰半欠佳，已不是社會新血，都快榨成乾渣。

程如一摸摸面孔，她自己呢，也乾癟了吧，比什麼時候更想陳家人，需要溫言安慰。

有人撞到如一肩膀，沒有道歉，她站到一角。

忽然有一把黑色大傘遮住她。

一抬頭，是程里。

如一連忙微笑，挽住老二手臂。

「打死不離親兄弟。」

「切肉不離皮。」

她們緊緊擁抱。

這時司機緩緩把車駛近，路旁不准停車等候，兩位程小姐連忙拉開車門跳上車，一邊搶計程車路人投向艷羨眼光。

程媽在家忙着點算送往大小姐處嫁妝，別的都可有可無，一張湖水綠百子被，認真可愛。

這麼快就準備起來。

程媽說：「你外婆說，古時女孩七八歲就做嫁妝，家裏長年僱着裁縫大小一家連學徒，做個十年八載，便好出嫁。」

「母親大人對古時習俗念念不忘。」

「我意思意思。」

打開盒子，金光閃閃，全是足金首飾，怕有三兩斤重。

「如一，你結婚，一樣有。」

看到都怕。

「那左根生先生驚喜說『真沒想到華裔這樣寵愛女兒』。」

「如一，來看這條寶石項鏈。」

「不看，我是讀書人。」

「此刻是生意人了，哈哈哈。」

如一把金飾照片傳給陳家人看。

「那三尊金色偶像是什麼，劉關張嗎？」

「是福祿壽，你真是假洋鬼子，什麼都不懂。」

「唷，五十步笑百步。」

如一忍不住把私生女三字告訴家人。

「我們稍微高估了程里。」

「大姐就不會那樣想。」

「你不是她們肚裏蛔蟲。」

如一答：「以後我會小心。」

「如一你最可愛之處是從不小心，我行我素。」

「家人，只有你覺得我值得讚。」

「一定讚，讚讚讚。」

如一哈哈苦笑。

她隱約有種感覺，她與陳家人都等了又等，等不及了。

應該先與程大姐講，不不不，大姐正在蜜月期，恐怕聽不進，不如先與母親講個明白。

她想到母親的盼望，那張百子圖被面，不禁頹然。

這種情況下居然睡得着，真顯得沒心沒肺。

她們三姐妹，都得到強韌的生命力遺傳。

過一個星期五下午，天色陰晴不定，如一與程里在核數，程宅女傭電話到，「三小姐請回家，有客人找。」

「誰，是男是女？」

「是女客，說是姓陳。」

如一心咚一跳，「多大年紀？」

「三十餘歲，端莊漂亮，正與程太太說話。」

如一一顆心幾乎躍出胸膛，「哪位程太太？」

「大小姐與二小姐的媽媽。」

「我馬上回來。」

程里見老三臉色突變，手足無措，不禁起疑，誰的討債電話？

只聽得如一頹然說：「陳家人來了。」

陳家人出現得十分突然。

天陰，彤雲密佈，像是要下大雨，雷雨風已經吹得樹木彎腰。

有人按鈴。

程太太正看電視，抬頭，「小心，別亂開門。」

女傭片刻說：「找三小姐，客人名叫陳家人。」

程太太一聽歡喜，連忙說：「快請進來，備茶做點心。」

她連忙站起，拉好衣服，緩緩一步步走到大門口，做一個含蓄笑容，心想：程如一不見外，把這裏地址告訴朋友。

程太太正想開亮大燈歡迎貴客，門一打開，看到一穿寬大西服的漂亮女子，頭髮烏亮，雙眼炯炯有神，一見程太太連忙鞠躬說：「程阿姨你好。」

「你也好，」程太詫異，「歡迎到訪，請進，陳先生呢，你可是陳先生的姐妹？」

傭人斟出茶點。

走進客廳，不知恁地，程太忘記開大燈，她心中充滿疑惑。

兩人坐下，程太注視客人，只見她容貌娟秀，便說：「已知會如一，她馬上回來。」

「打擾阿姨。」

「你代表陳家人？」

女客這樣回答：「阿姨，我就是陳家人。」她取出名片放下。

程太太耳邊嗡一聲響：「你也叫陳家人？」

名片上寫着「西奈山醫院鑑證科陳家人醫生」。

程太太還是沒有搞清楚。

這時，天際忽然閃亮，像是古傳說中強烈照明燈在搜索罪人，預備將之拖出擊斃，電光石火之間，程太太明白了，她訝異地張大嘴，又合攏。

這時，鬱悶的雷聲隆隆來臨，程太太靠倒在沙發，輕輕說：「嚇煞人。」

陳家人說：「請問另一位程太太在嗎。」

程太終於醒轉，「我也是如一母親，你有話，對我說，完全一樣。」

「是呀，如一也說，程太太最愛惜她。」

程太太仍然猶豫，「你是陳家人？」

這時，程如一已經趕回，程里也跟在身後。

如一驚喜，「家人，你一聲不響來了，給你嚇壞，」上前，握住家人的手。

兩女站一起，似雙妹嘜花露水廣告肖像。

程里退後一步，她明敏過人，即刻感光，她哈哈笑，走近陳家人，捧住她臉頰，左右各響亮吻一下，然後，坐到母親身邊。

「為什麼不開燈？」

傭人這才開亮頂燈，大放光明。

程太太緩緩喝口茶，不知說什麼才好。

程里說：「客人已經到了，如一也大方走出，我們把程媽也叫來。」

程太太連忙阻止，「不可。」

陳家人說：「對不起，是我唐突，但是我等足三年，實在等不及了。」

程太太喃喃說：「三年……」

唉，她們是怎麼做的母親。

這樣大的事，可以瞞這麼久。

她們全瞎了眼。

程太太咳嗽起來，越來越凶，傭人連忙取來咳糖及蜜水。

程里說：「陳家人，很高興認識你，一看就知道你會把程如一這刁鑽女照顧妥當。」

「陳小姐住何處。」

「我打算與如一一起。」

程太太又劇咳不停。

「程太太，我來得忽忙，沒帶禮物。」

程里說：「不用了，媽，你的見面禮呢。」

程太太忽忙封了一枚紅包。

如一輕輕說：「我與家人先回去休息。」

在門口，忍不住與家人緊緊擁抱。

關上大門，程太太彈出的眼珠還收不回去。

她瞪着女兒，「你笑什麼？」

「我有笑嗎，我沒笑。」

「你瞎七搭八同那陳家人亂說什麼。」

「我沒做什麼唷。」

母女靜下來。

程太太吩咐：「把所有燈開亮，我老覺陰森森黑沉沉。」

「太太，秋季天色早暗。」

「給我一碗熱薑湯。」

「是太太。」

程太太問女兒：「這可怎麼辦？」

程里這時發覺兩位程太的感情並非虛偽浮面，這位程太如同身受，同另一位程太擔憂。

凡是世事，發生在人家身上與自家身上是完全兩回事，所謂針不刺到肉不知道痛，對於別人的事，總能輕描淡寫：「哎唷，我告訴你一件好笑的事」，「人總會有大去一日」，「有那麼嚴重嗎」，「太沒良心了」，「他還敢說什麼」……，直到禍事臨頭，反應更加不堪。

此刻的程太太是真的替程媽擔心。

「以我所知，程媽無論如何不會接受。」

寡母只得一個女兒，幸虧相敬相愛，互相遷就，女兒又才貌出眾，叫母親窩心，這些年，就如此掮下來：接放學，聽叫一聲「媽媽」，小男同學欺侮，媽媽出頭，「你，是你？站出來！」一起寫功課，一起挑衣服，一心一意灌注孩子身上，冷嘲熱諷，淒清歲月，都消化過去。

「程媽不會接受。」

「你別小覷她。」

「人已經來了，你說怎麼辦，程家女兒，一個如此，另一個也如此，是否祖宗山墳有問題。」

程里霍一聲站起，「我出去散步。」

女傭追出，「二小姐，體諒太太是老式人。」

程里跑到大姐家中，拍桌子說：「什麼老式人，她與宋家三姐妹同是美國衛斯理女子私立大學畢業，讀的是歐洲歷史，年紀大了，忽然盲塞，不可原諒。」

左根生忙斟出可治百病之藥：香檳酒。

程里生疑，「你倆彷彿早知此事。」

左根生輕輕說：「幾乎整間大學都知程如一這個傾向。」

「啊，就瞞着至親。」

「因為至親最難接受。」

程里聲音甚低，「家母抱怨，為何家中兩個女兒都如此。」

大姐摟着程里，「你倆是完全不同個案，你是思維認知與肉身不配對，而如一，她純粹不喜歡異性，看似相像，出發點不同。」

左根生點頭，「這是最簡單解釋。」

大姐說：「不明白不要緊，我們要愛她倆。」

大姐到底是大姐。

「大姐，」程里哭喪着臉，「有一天我會做手術，你仍然愛我？」

程表不加思索，「你多接一個頭顱到肩上我都愛你。」

左根生笑着乾杯，「你們三姐妹真可愛。」

「這件事完全在胚胎形成，已經鐵鑄，醫學證明，根本不是一宗選擇或是傾向，美奧巴馬總統年前宣佈：凡是有郎中宣稱可以扭轉傾向，可入刑事罪。」

「程媽那裏怎麼辦？」

「陳家人做得對，坦白告訴她，她是生母，應該知道。」

「可憐的生母。」

「她是怕人言可畏吧。」

「她是寡母，無財無勢，並無親戚朋友。」

「我們想好了才向她公佈。」

左根生說：「不會又三年吧。」

「大姐，明天是公園日，你也出來陪母親散心。」

「如一呢，可要叫如一？」

「現在是我們支持她的時候了，讓她有些空間。」

第二日，雨過天青。

公園有個兒童活動，碰巧程太太最喜看孩子們無憂嬉戲，來得正是時候，在長櫈坐下。

左根生說：「我們去買吃的。」

派程表陪母親。

程太太問：「醫生怎麼說？」

「大好。」

「別瞞我。」

「一家至親，瞞來瞞去做什麼。」

左根生先選冰淇淋過來，「又說我壞話。」

程太太揮揮手，「去，去，替我買熱狗。」

一有冰淇淋，孩子與狗都來張望。

程太太說：「先給他們。」

一個六七歲可愛小女孩比較特別，她看程太太一會，這樣沒頭沒腦說：「你也是。」

程太太一怔，注意小女孩，忽然明白，「是呀，」她高興說：「我也是。」

程表莫名其妙。

小女孩坐在程太太身邊，稍微提高小裙子。

啊，電光石火間，程表知道了，淚盈於睫。

原來小女孩的右腿也是義肢，深肉色，稍見簡陋，一看便知是3D打印模型，價廉，實用，待她完全發育，才配精緻型。

程太太疼惜，「怎麼一回事。」

「我一出生就缺少左腿，醫生說，是內分泌在胎中做漏工夫，它們以為兩腿完工，便收工去了，誰知只做了一條，在掃描中已看到，媽媽堅持把我生下，現在我讀二年級，考第一。」

「這樣呀。」

「你呢，你也生下如此？」

「不，」程太太答：「我是交通意外。」

「有人取笑你否？」

「沒有。」

「媽媽與老師一樣説，若有人取笑我，可以知會警察。」

「是，他們講得好。」

「這是我第七個義肢，每年一套，我長高些，就換一具新的。」

這時，程表已躲在樹中淚流滿面。

左根生捧食物走近，程表揮手叫他暫停。

小女孩告訴程太太：「我叫林俐。」

程太太與她握手，「我是程太太，請把電話號碼告訴我，我倆一起喝茶。」

真沒想到程太太交到新朋友。

那女孩輕快離去。

程太太胃口突開，吃了大半隻熱狗，「嗯美味。」

她偷偷拭眼淚。

左根生輕輕說：「今日是殘障小朋友聚會。」

「真勇敢。」

「耶，真勇敢。」

慢慢一步步陪程太太走回家。

那天，程太太與程表談如何能幫助那個組織。「最簡單是捐款」，「第二是贊助用品」，左根生說：「將來，提供一具精緻義肢」。

程太太頷首。

程表十分高興。

過幾日大小姐在家裏舉行婚禮。

白色簡單禮服，脖子，手腕，戴滿金器，吃重不過，別出心裁，繫在腰

上。

同事們衷心來賀，包圍新人。

程太太悄悄問：「程如一與陳家人呢。」

「躲後園喝香檳。」

「她們選今天公佈消息？」

程里點頭。

「為什麼？今天大喜日子，讓程媽開開心心吃一頓飯，你們可否另擇吉日？」

「我們幾個人商量過，最好是今天，那麼多親友在場，程媽不可以失態。」

「這不是欺侮她嗎？」

「不欺侮母親，還能推擠誰？她是世上唯一不會反抗的人。」

真悲哀。

最後一個客人也到了。

程如一衝出大叫，「佟至！」

佟至拎大堆禮物，笑答：「可不就是我，我不來行嗎。」

立刻被拉到眾人面前介紹。

「啊，」大家都說：「程如一身上的白襯衫卡其褲是佟小姐教會的嗎。」

「不不不，余不敢掠美，那是陳家人。」

「陳家人為什麼沒來，遲到嗎。」

這時，程里把程媽請到廚房，讓她坐下，讓她喝酒。

「程媽，我介紹你認識一個人。」

程媽微笑，如此神秘，什麼人。

她握住程里手，「大姐結婚，我們真正開心。」

「那洋人，看樣子不是壞人。」

「別洋人洋人叫他，是姐夫。」

這時有人在門口問：「找我？」

程媽抬頭，「咦，這是哪一位，好漂亮標致小姐，快進來説話。」

陳家人走近，「程媽，我是陳家人。」

程媽努力聚一聚焦點，一時不得要領，這名字好熟，但，陳家人不是程如一的好友嗎。

程里這時蹲在程媽身邊，附着她耳朵説：「她就是陳家人，這次特地來向如一求婚，她倆會回北美正式結婚。」

程媽呆呆看着陳家人，「你是女孩子！」

「是，程媽，我是如一的未來伴侶。」

程媽霍地站起，椅子推倒，打碎盤碗，「程如一，你在什麼地方？」

「母親，我在這裏。」

程媽伸出手，指着女兒，如一神色鎮定，踏前一步。

「女兒，這都是真的？」

「是，母親，我想對你坦白，苦無機會——」

說了也是白說，程如一所有預期的壞效果都發生了，甚至更差，她敬愛的母親瞪着眼，嘴歪到一邊，像白日見鬼那般驚駭表情，似要控訴：「我這輩子做錯什麼，為何會有這種事發生。」

一切同程如一想像中一模一樣壞。

所以她隱瞞三年，不敢現形。

最害怕的事終於來臨，程如一反而卸下重負。

只見程媽搖搖晃晃走向門口，輕輕說：「告訴程太太，與大小姐說一聲，我有點不舒服，先回家休息。」

「母親，我陪你。」

程媽轉頭，厲聲說：「不要跟着我！」

如一退後。

程里說：「不怕，我找女傭與司機跟着她。」

程媽頭也不回的離去。

大廳人頭湧湧，根本沒發覺少了程媽。

如一的頭垂到胸膛。

陳家人鼓勵如一：「不怕，程媽會把消息消化。」

如一走到書房，「我也想早走。」

程里說：「不行，你得挺下去。」

「我得看母親。」

「婚禮結束才走。」

程太太倒是比想像中高興，新人敬茶時雙手搓揉女婿金棕色鬍髭，呵呵笑。

好不容易捱到今日，真是。

程太太邀請一位特別客人，那是小朋友林俐，程表特別把結婚蛋糕上那對新郎新娘小人型裝進盒子送她。

程如一怔怔看着歡喜場面上演，彷彿事不關己，她深深嘆息。

陳家人搬來一盤八杯香檳，放在她面前，如一左右手各一杯，喝盡，再取兩杯，其餘的被佟至掠走。

「阿姨已知道了。」

程如一點頭。

「她會接受的，母親們，被逼接受一切，即使實在無法給予子女值得原諒的理由，到底，仍會死忍。」

把事情看得太簡單了。

晚上，程如一與陳家人回家敲門，半晌，才見傭人把門開了一條縫子。

「深夜，別吵着鄰居。」

「我要進來與母親說話。」

「太太叫你以後別再來。」

程如一大聲說：「母親，我並沒有做錯什麼。」

「你回去吧。」

女傭把門關上。

如一氣得落淚。

家人拉她，「先回去吧。」

鄰居聞聲開門視察，「什麼事，程小姐，可需要幫忙。」

如一連忙道謝離去。

陳家人說：「大小姐病情大有進展，令人開顏。」

「她今日戴着假髮。」

「我呢，如一，我老了，六十四歲，頭髮掉落，你會否仍然愛我。」

如一無奈微笑，「屆時必有許多治療方法，大姐說，有一種泡沫生髮水，相當管用。」

陳家人生性樂觀，哈哈大笑。

她也沒閒着，聯絡醫院鑑證組開會，如一趁空檔陪伴至四處走。

佟至問：「阿姨對你仍不理不睬？」

「就快與我登報脫離關係。」

「接着，母女都沒有再見面？」

如一搖頭。

「伯母倔強。」

「我就是像她。」

「如一，你的事，與脾氣無關。」

「她不明白，或是，不願瞭解，或是希望我延遲到她過世後才揭露。」

「隔些日子，一定好轉。」

「我已不懷希望，我自家要忙的事也很多，我的功課，我的工作，我也不可能長久耽在程氏企業，大姐治癒後我便退出，北美仍是我理想長居之地，我會與家人到溫哥華正式結婚，佟至，你做證婚人。」

佟至低聲回答：「一定。」

「覺得本市的室內設計如何？」

「都是天才，那麼小的面積，要做得漂亮，談何容易，五百平方呎衣食住洗都要包括在內，我做不了，我只會做三千平方呎放一張大桌一張大床那種。」

「北美公寓房子也越來越小。」

「真叫人傷心可是，以前買下的三房兩廳連迴環露台及儲物室車位可矜貴了。」

「說起民生，叫人頹然，一年不如一年。」

佟至說：「這次回轉，我採購了不少中式假古董，它們頗受歡迎，當有利潤。」

「虛情假意，一向受抬捧。」

佟至告別。

如一也準備出發。

程里不捨得，「大姐只應允做五日替工。」

「你呢，你決意再等。」

程里苦笑，「我只一個人，等等沒關係，對不起，不能參加你婚禮。」

「不要緊，」如一唏噓，「這還不是一個普天同慶的婚禮。」

「誰說的，兩人相愛，便可慶可賀，如一，你幸運。」

「謝謝你，程里。」

「大姐替你存入一筆款項作為賀禮。」

「我們有開銷。」

「別客氣了。」

如一義無反顧，與陳家人在溫埠舉行簡單註冊手續。

兩人穿簡單 Brooks Brothers 深色西服，大方漂亮。

佟至打扮得花枝招展，註冊員以為她才是新娘。

大家都很開心。

「阿姨可有同你們聯絡。」

如一搖頭。

陳家人留下繼續工作，程如一返回家中。

殷律師與程里接飛機，老二臉如死灰。

「你這人，怎麼了。」

程里嘴唇顫抖，「我媽終於讓我氣死了。」

「你說什麼。」

殷律師趨近，在程如一耳邊說了幾句。

如一變色，一聲不響，摟住程里。

她肯定地說：「不管你事，年紀大了，總有一日，會離開這個世界。」

這才發覺程里左眼不住跳動，揉之無效，敷冰水熱水也沒用，原來已一直跳了好幾天。

殷師說：「約好醫生替她打波托斯針麻醉眼皮。」

「我想去看程太太。」

「不急，先回家梳洗休息，程太已無時間觀念。」

「家母呢。」

「她去看過她，坐在一旁垂淚，如一，年輕時這兩個女子為一個男子勢同水火，結果呢，是非成敗轉成空，幾度夕陽紅，難得兩女同時看開看透。」

如一不出聲。

程里趁空檔到醫務所注射，程如一回轉公寓，以頗熱溫水坐着淋頭，用電話找母親：「我已到家，知悉程太消息，母親大人，不要再為無能為力之事氣惱，請回覆你女兒。」

她換上舊毛衣，到殷律師事務所。

一進門便看到大姐與左根生。

大姐相當鎮定，雙手圍住老三的腰，一起坐下。

殷律師已做好大杯香濃咖啡，「等程里一到，便可宣讀遺囑。」

程如一意外，「我先讓一讓。」

「程如一，你也有份。」

如一只得坐好。

稍後程里也到，眼皮更腫，卻已停止顫動，可是左邊嘴角卻歪到一旁。

殷律師說：「這是一段半年前在我這裏拍攝的錄影片段。」

程太太當時神色無異，微笑，「可以開始講了嗎，那我說了：這段錄影，在殷律師事務所錄影，一旁有兩位證人，證實我身體健康，神智清晰，你們聽到這段話時，我的肉身，我的思想，已不在人世，完全消失無影，我的遺囑簡單，程氏企業份子分為三份，一早已經訂妥，至於屋子與零星雜物，三個女兒：表、里、如一均分，相信她們不會紛爭，伊們三人，據我所知，對名對利，並無太大興趣，好，說完了，對，還有，程如一，很高興認識你，祝福。」

如一意外，她竟得到最大篇幅。

程太太並無說及往事，沒有恩怨情仇遺憾，聽不到抱怨，也不見解釋。

三女沉默良久。

如一忽爾想起她看過的一則巧克力餅乾廣告：一個小女孩，清早起床，換上一襲寶藍色絲裙上街，一邊走一邊飛快長大成少女、少婦、中年，裙子式樣不變，但卻合身，她遇到各式各樣的人與事，在人群中穿插，終於去到目的地，在小餐館櫃枱取起一塊餅乾，微笑，送入嘴中，這時，她已皺紋滿面成為一個老婦，旁白說：「每一日都要開心。」老人仍穿寶藍色絲裙，一生已經達標。

如一終於在醫院看到程太太。

臉色安祥，搭着各種管子，她一動不動，已成植物人。

據女傭人說，三日之前，看着太太黃昏不聲不響坐露台，以為她沉思，不去打擾，到休息時，喚她，不回應，叫救護車，送到醫院，未能復甦，大腦已經死亡，一直用儀器維生。

過一日，三名女兒在殷師見證下將管子卸下。

沒有人說話。

大家本來都以為，程太太在傷癒後可以多活十年，沒有，不過，七十歲也不算短壽。

儀式辦得十分低調，也是程太太事前所囑，程媽沒有出現，大家都明白她心情。

如一回娘家敲門，仍是女傭出來，「太太很累，隔些日子與小姐聯絡，聽說小姐已經結婚，希望你們幸福。」

程如一向陳家人報告。

「阿姨累也是應該的，物傷其類。」

「程太太一句也不抱怨。」

「十分大體，年紀大了長出智慧。」

「歲月一定會孕育智慧？」

「不一定，有些人越老越糊塗，越是計較嘈吵。」
「你會做哪種？」
「都一樣，老人就是老人。」
「啊家人。」
「我想我會躲起來不去煩人，罵不還口，打不還手。」
程如一說：「我替你出頭。」
「哈哈哈。」
殷律師問如一，「你可要把你那三分一股抽走。」
「不，永久收息。」
「可能有一日會蝕本。」
「我心甘情願。」
「好，好，好，姐妹不比兄弟，姐妹無人離間。」
如一照樣上班，這種時候，只有工作好。

同事們為程太太胸口繫黑色蝴蝶結達一年之久。

在這一年內，程里告過兩次假。

她沒說去何處，人事部告訴如一，程里往美國西岸，聯絡地址是一間矯型醫院。如一黯然，那麼美麗的女身，程里仍然要去之而後快。

程里靜靜返轉，悄悄復工，大家都看不出有什麼異樣，在本市她有醫生跟進，說也奇怪，她長出一種處之泰然慷慨神情，緩緩接受生母辭世這個事實，她承繼了程太太生前小朋友林俐，這小孩寄居領養家庭，那家人對她周到，但經濟條件較差，程里負責供應各種與學業有關電子用品，以及，林俐餘生的義肢。

程媽仍然不願見程如一。

左根生莫名其妙，「為何如此不體諒如意。」

「投入的心血資本太巨，寄望太大，遇到如此反常忤逆，故此氣得痰上頭。」

「那麼可愛的如意——」

「男子總覺得小姨子可愛。」

「愛屋及烏呀。」

「提醒你，我們兩姐妹均已結婚，說到底，我也好奇，她在什麼地方認識陳家人。」

左根生答：「還有何處，是一個約會網站，彼此都以為對方故意誇大優點，誰知見面之後，發覺對方算是謙遜。」

「左根生，你什麼都詳盡知道。」

「你也說，男子，對小姨，特別有興趣。」

生活正常，程表也管起老三的瑣事。

她告訴丈夫：「醫生說，做修補手術，仍需等一等。」

左根生微笑，「我不急。」

程表忍不住大笑。

程如一在家庭聚會時這樣問大姐：「你見過家母？」

大姐頷首。

「你們說些什麼？」

「她詳細問我健康情況。」

「可有提到我？」

「她對我母親猝逝有一些疑問。」

「她不捨得。」

「當時屋內有傭人有看護，她坐在露台觀景，看護見她盹着，替她蓋一張毯子，以看護專業經驗，竟未發覺異常，待天黑，才驚覺不妥，已經太遲，程媽說，她們不該由病人保管藥物。」

如一不出聲，程媽有所懷疑。

「醫生說是心臟自然衰竭。」

「程太太服何種藥物？」

「鴉片類鎮痛藥物。」

「程太太一直不提有痛楚。」

「她不想訴苦，事實看護說她身體各部位無處不痛。」

「那些藥可有尋回。」

「程家不欲追究。」

「那麼程太太有可能——」

「不欲再提。」

「難怪家母存疑，你呢，大姐。」

程表回答：「我對整個生命存疑，我認為自己最大的能耐是尊重他人意願。」

說得如此含蓄，其中必有原因，「是，大姐，你表裏如一，尊重我與老二。」

「如意，拜託你交功課，」左根生說別的學生都已交上。

「大姐回公司，我可以抽空寫文章。」

程表說：「一三五我回辦公室幫忙，你一定要交功課。」

人多好辦事，如一把功課帶回小會議室做，一心兩用，居然可行。

程里與程表看到小妹睜眼凝視熒幕的專注美，甚為驚嘆，「我做事從來不會如此盡心」，「你練游泳練到抽筋之事大家都還記得」，「大姐你曾試過三天三夜不回家在公司食宿記錄」——大家都得個勤字。

左根生看得發獃，他一向知道華裔學生最勤工，但女生做到這樣，101% 的出類拔萃。

「有什麼必要如此拼搏。」

「在大部份華裔天生因子裏，全力以赴，戒除不了。」

壓力大了，睡不好。

如一對家人說：「希望躺在你懷裏訴苦。」

「阿姨仍然不願見你？」

「我不勉強。」

「你的固執便是像她。」

「我有什麼倔處：這些年來，任你陳家人搓圓撳扁，拉闊截短，我可有吭過半句聲？」

「是是是，你別動氣，全是我不對。」

有一對老人結婚六十五週年，記者問老先生有何秘訣，老先生答：「兩個字：Yes dear。」

陳家人一早明白。

那天晚上，程如一做了一個夢，所有夢境都可怕，尤其是這一個。

她看見一個穿袍子的老婦坐客廳。

「如一，過來。」她說。

如一緩緩走近。

她以為是母親，日有所思，夜有所夢。

光線幽暗，下意識，如一感覺到那不是母親，而是程太太，她止步，在不遠處站住。

為何程太太入她的夢？程表和程里呢？三姐妹都見得到她，抑或，只得程如一？

「唉，如一，人人都知道時間過得快，可是，如非親自經歷，真想不到會快成這樣，早知如此，每天都應該開心地過，我覺悟得太晚。」

如一不作聲。

這是程太太的獨白，要隨她發揮。

「自從丈夫外遇，我沒有開心過。」

啊，從來不曾抱怨的程太太終於説出心頭話。

「離婚，分產，程先生沒有虧待我，分手後，他一直沒有與你母親結婚，後來，她也離開了他，在都會中，這是很普通的事，不平凡的是，三個女兒都得體、貌美、聰明，會得讀書，戰勝出身，多人追求。」

如一微笑，這程太太，到底躲在牙塔久了，唯一敵人是另一個女子，她其實不知世事凶險。

她們三姐妹，在社會上不討人厭，因從不向別人索取什麼，平時，亦不與閒雜人等來往，亂出風頭，她們擁有妝奩雖來自破碎家庭，仍可莊敬自強，否則，多聰明也遭人嫌。

「我與你母親早已沒有芥蒂，心境也越來越平和，這才知道，憎恨也是一股動力，過了七十歲，只覺早晨老不願起床，不知如何打發時間，內心苦悶，加上全身肌肉骨骼均疼痛無比，又不好訴苦，故此，只想早日離世。」

如一忍不住叫出聲：「程太太，不可。」

程太太聲音漸輕，「你們三個相愛……」

程太太，程太太。

如一驚醒。

她跑進浴室，把整個人泡在冷水裏，半晌，才渾身發抖用毯子裹着發獃。

然後，身子發熱，看過醫生，連藥帶人到辦公室休息，萬一口吐白沫抽筋之類，也有人看見照顧。

程里看到，請同事家人煲中式藥茶，一時間公司充滿藥香，沒事人也要求喝一杯。

程里問：「可要叫陳家人來一趟。」

「不要麻煩伊。」

程里還是找到家人。

家人說：「我剛要上飛機給如一驚喜，這次是決心要見一見程姨，不再逃避。」

「做得好，我陪你。」

「先別告訴如一。」

「明白。」

陳家人見到程里，雖有心理準備也忍不住一怔。

程家老二頭髮已完全剪短，貼頭，時髦漂亮，像中性品牌時裝模特兒，比程如一穿西服還好看。

「我替你帶了水果鮮花等禮物。」

「如一熱度退卻沒有。」

「已經痊癒，回家去了，別擔心，有我們呢。」

到了程媽家門，兩位女客深深吸口氣。

女傭來開門，「二小姐，你來了，請進。」

程里倒是不惹程媽討厭。

「大小姐好否，許久不見她。」

「她準備做手術，有點忙。」

「這位是——」

「太太可是午睡？」

「也該起來了，兩位請坐。」

女傭把禮物取進，「啊這棵蘭花真漂亮，不下百朵荷包。」

程媽的聲音響起，「阿里，是你」，走出一眼看到陳家人，五官立刻掛下，「我已年邁，不想生氣，你快走。」

程里按她坐下，「程媽，與你同齡男歌星還穿着豹皮紋唱流行曲子，同齡女星還演西廂記中俏紅娘，你別嚕嗦。」

程媽忍無可忍，忽然發作，「這一位到底是陳小姐抑或陳先生，你只有自己沒有別人，你叫我如何稱呼你？」

程里急了，這程媽忽然容忍力全失，罵起人來。

程里說：「這不是指桑罵槐嗎。」

「不，不是你，阿里。」

可是陳家人並不生氣，她「喏」一聲，「程媽，叫我家人好了。」

「你與如一真的註冊結婚？以後，全世界教會唾棄你們。」

「不，耶穌不是那樣的人。」

這句話實在太滑稽，程媽斥責：「耶穌是神。」

程里忍不住哈哈大笑。

程媽氣結，「你，阿里，你真是好姐妹。」

陳家人不卑不亢，「程媽，請接受我倆，倒浴水切莫把嬰兒也倒出去。」

「什麼？」程媽被氣笑，「你倆少在這裏插科打諢，我沒空同你們糾纏。」

陳家人的聲音忽然下沉，「請問程阿姨打算怎麼辦，永遠不與程如一見面，無論如何不接納這個女兒，就這樣過餘生？」

程媽忍都忍不住，忽然流淚，「我這才明白程太太是怎麼猝逝。」

程里先變色，黯然說：「家人，我們走吧，我的勇氣已經用盡，相信你與如一也是。」

陳家人沮喪，「想不到是這樣的難，怪不得如一拖足三年。」

程里低聲說：「世事古難全。」

兩人走到門口，程媽忽然說：「你們以為我不知道，自七八歲起，如一不與男同學來往，只喜與女同學一起做功課，不大接近男生，覺得他們粗心自私好強，她一定要轉女校，我與她尋找輔助，第一次看心理醫生，是十歲，醫生告訴我，他們已不診治像如一這種例子，只予以分析，十一歲發育，如一對我說：『一輩子不會嫁男人，他們不懂得珍惜女子，婚姻絕對不屬於我』，對於女性週期更覺驚駭厭惡，連醫生都說『她偏偏是個美少女』，不是說長得平凡就不值得關注，我想盡辦法，無法扭轉傾向，心頭一直壓着大石……」

陳家人又坐下。

程里衝口而出：「這就是我！我與如一剛相反，我從來不覺自己是女子，發育時看到胸前兩團異物越來越大，覺得不屬於自身，要去之然後快。」

陳家人握住程里的手。

程媽這樣說：「莫非程家受到詛咒。」

家人即時阻止這種想法，「我是醫生，恕我不能認同，這是生理一種錯體，與一些孩子出生六隻手指或心臟外露一樣，與眾不同，故引起驚恐，如今民智已開——」

「不，陳醫生，」程媽說：「在一些地方，還有人用石頭扔死與眾不同的人，我少年時，一個姑母堅持離家讀書，被家長誣陷為瘋婦，斷絕來往。」

「程媽，你也要那樣對如一嗎？」

「不，不。」

「那麼，我叫如一來見你。」

程媽說：「只怕我永遠不會明白你們為何不能忍耐。」

「毋須明白，只需愛她。」

程媽顫抖，「你們的話，如刀子般割我。」

家人與程里一人一邊抱住程媽。

這時門外有人瘋狂叫喊：「放我進門，放我進來，這明明是我的家。」

女傭連忙開門把如一拉進。

鄰居又開門出來，「程太太，什麼事？」

女傭連忙取起果籃送給鄰居，「程太買錯橘子，水果店不肯換，所以生氣，你們收下吧。」

鄰居只得接過，「是，是。」

女傭說：「低聲，否則鄰居會報警。」

程如一坐倒地上，雙手掩住臉，泣不成聲。

陳家人頓足，「一屋男人，也會這樣哭嗎。」

程里抗議：「莫說英雄不流淚，只是未到傷心處。」

傭人連忙取出熱茶，斟出給她們。

「這管何用，拿酒來。」

家人阻止，「也別喝太多了。」

程媽說：「家人，說，你父母怎麼反應。」

家人輕輕說：「他們是天主教徒。」

一句已經足夠。

「家人，你也做我女兒吧。」

家人忽然軟倒，坐在地上起不來。

程里黯然，「你倆終於得到諒解。」

程媽輕輕說：「不，程里，現在程家只剩一個媽媽，你也是我女兒。」

「程媽你不要勉強。」

「我不會再懲罰自己，接受自身不明白的事是華裔婦女強項，晃眼便一生，不過，抱胖嬰的樂趣恐怕要落空了。」

陳家人詫異，「怎麼會，程媽，我與如一都有子宮。」

程媽張大嘴，對一個西醫來說，恐怕已不是太艱難的事。

程媽低聲說：「我累了，我想休息。」

這時有人敲門，原來是左根生與大小姐。

「你們且回去，我倆陪程媽。」

人多好辦事。

如一說：「肚子餓了，想吃雲吞麵。」

「就你最驕縱，都是陳家人慣的，這個時候何處找空位。」

家人說：「我知道有個地方，米芝蓮三顆星，不過要站着吃。」

原來是一個街邊小檔，每晚開三小時，一碗三顆雲吞，三口麵，隊伍怕有三四十人，排到街角。

她們一邊排隊一邊說話，「人都犯賤。」

「程里你見美國醫生兩次可是籌備手術。」

「醫生還需做最後心理評估。」

「你是指你美麗的胸脯仍在。」

「不要那麼大聲好不好。」

「是，是。」

「我已詢問游泳教練，她囑我勤練，否則淘汰。」

「幸虧公司有泳池。」

程里垂頭，「我堅持做我，我不孝。」

「世上沒有孝子，彼此盡力，已經很好。」

「那，臥冰求鯉呢。」

「對，還有孔融讓梨、梁祝化蝶、劉皇叔躍馬過檀溪。」

「如一，真拿你沒辦法。」

這時助手進房說：「二小姐三小姐林俐小妹妹到了。」

這可是貴客。

如一連忙迎出。

懂事小女孩有點緊張，但也知道自己在可靠的大人手中，招呼過後，助手請她吃冰淇淋，這是人類的一帖好藥。

程如一說：「冰淇淋由馬可波羅自忽必烈行宮中傳到意大利，然後發揚光大。」

看護把新義肢取出替小林俐試穿。

舊的那隻已經小一號，除出時有股味道。

看護取出一雙新瑪莉珍式樣鞋子及襪子，先替義肢穿上，這時，義肢看上去同真的一樣，看護替林俐做清潔，然後套上，它膝位有一枚極其靈敏由肌肉控制的機關，能屈能伸，林俐嘖嘖稱奇。

看護再替一隻腳穿上鞋襪，「試走走。」

各人都驚嘆：「啊。」

當然不能與天生比，但也算盡了人力。

如一對助手說：「你陪林俐到街上走一圈。」

助手低聲問：「可要順便替她添幾件衣裳。」

「不用，只怕寄養家庭多心。」

助手立刻明白，「三小姐細心。」

如一看着林俐換下的鞋襪，她從未見過都會有那樣爛蓉的衣物，黑皮鞋子已經磨得灰白，鞋底穿孔，天雨必定漏水，襪子前後破損，似骯髒爛布，搭成一塊。

接濟這個孩子，簡直頭尾難顧，若把她領養過來，又十分為難，如一頭痛。

她與殷律師商量。

「凡事適可而止，不可把孩子連根拔起。」

「也太襤褸了一點。」

「物質不重要，她功課優異不久便可出身，衣着多亮麗也不是問題。」

「殷師意見總是充滿光明。」

「我可曾告訴你，我讀書時那件校服外套袖肘磨得穿孔襯衫太小怕人見到發育彎着背脊上課，鞋身常與鞋底脫離，鞋匠說：『妹妹這雙鞋子已不能再穿』，有何關係，只叫我更加珍惜一衣一食。」

「殷師！」

「孩提時的窘況絕對不會妨礙一個人將來的成績。」

「他人會取笑林俐嗎。」

「他人的鞋襪也許更破，人家也不訴苦，你不知道。」

程如一不得不笑。

林俐回轉，向程氏機構上下道謝。

助手給她一盒糕點，「拿回家分享。」

林俐這時對如一說：「我做夢見到程太太。」

如一怔住，「啊，你倆可有說話。」

「沒有，她握住我手，臉色寬容，不一會，我就醒轉，真想念程太太。」

「我也是。」

「程太太穿一件棉袍子，頭髮梳得很整齊。」

「有化妝否。」

「平時那樣。」

「身邊可有人。」

「沒有，她獨自坐花園裏，四周都是橙樹。」

可見各人見到程太太的情況都不一樣，都是做夢之人的念想。

「程太太是你媽媽嗎。」

「她的確也是我媽媽。」

她送林俐到家，兩人話別。

回公司，聽見大姐斥責老二：「你扮 Oliver Twist 還要到幾時？」

「你不住逼害是我當初要離家的原因！」

程如一莞爾，一切似回復正常了。

下班，疲倦回家，程媽說：「你把這盒餅食送往鄰居，最近家裏吵，打擾了他們。」

如一點頭。

先沐浴更衣，莫一身汗臭敲門。

鄰居女傭打開門，她遞上禮物。

女傭笑說：「程小姐太客氣，我去叫太太。」

這時，忽然有一輛嬰兒學行車迅速推近，如一低頭注意，噫，是一個不到一歲大幼兒，坐四輪車中，仰頭看她，清澄明亮大眼像是問：「你是誰，到我家何事？」

那幼兒有一頭濃髮，兩腮泡泡，可愛之極，如一與他四目交投，忽然生出不可抑止強烈欲望，只想把他抱起緊緊擁懷中。

那孩子也對她好感，伸出胖胖雙臂，示意要抱。

啊，是有一見鍾情這回事。

如一踏前一步，剛想有所表示，人家的媽媽走出，「程小姐，請坐。」

如一看到她又懷孕了，頗有倦容，仍然笑容可掬。

女傭把孩子自學行車抱出。

如一問：「可以抱一下嗎。」

「唷，他要洗澡，也許身上有味道。」

這倒不是謙虛，抱在手裏，不但墜手，真有股異味，如一心不由主，哈哈笑，抱着幼兒轉一個身，把臉貼向他的泡泡臉。

「程小姐這樣喜歡孩子。」

簡直不願放下味道有點像揩枱布似的孩子。

如一對家人說：「他會笑，呵呵呵，像聖誕老人。」

家人也說：「沒想到你那麼喜歡孩子。」

如一讓母親凡是煮湯就拿一鍋過去。

程媽雙眼紅紅像是哭泣過。

女傭告訴如一：「太太看到一則恐怖新聞。」把報紙遞給如一。

如一看到是一段美國槍手潛伏在一間特殊人客酒館伺機動手殺害三十餘人消息。

的確可怖無比，但瘋狂槍手也衝入幼稚園槍殺廿名幼兒與七名女教師。得替程媽找消遣，免她太多時間想這想那。

女傭喃喃自語：「這早晚家裏有小寶寶就好了，那真是連吃喝睡的時間都沒有，還想其他呢。」

如一微笑。

她問家人：「要是很醜呢。」

「你不會覺得他醜。」

「是一種天然的渴望，走到街上，發覺滿街都是漂亮嬰兒車，車裏或手抱幼兒都可愛健康，連張大嘴哭個不停也夠趣致。」

家人鄭重勸說：「你要多加考慮，這是十二分吃苦的一件事。」

「都說婚後生活至難適應，但是我們做得不錯。」

「育嬰更難百倍。」

「家人，你怎麼知道。」

「你有空不妨到鄰居太太那裏實習。」

果然，鄰居女傭一夜過來拍門。

程媽知道原委，立刻叫如一：「她腹部不適，且見紅，要進醫院，沒人陪，先生出差在杭州開會，已通知他趕回……」

「我馬上來。」

醫生已經先到，「別驚恐，胎兒其實老皮老肉很經得起捱苦，不然地球人口不會滿瀉。」這樣安慰倒是少見。

說是如此，到了醫院，輾轉熬了個多小時，早產兒出生，如一負責剪臍帶，那男嬰只比紅皮老鼠大一點點，如一看着淚流不止。

看護以為程媽是外婆，「見過 Na Na。」

程媽笑，「那麼小，可是鼻子很高。」十分鎮定。

如一泣不成聲。

產婦說：「多謝程家各位。」

幼嬰四磅半，被抱往氧氣箱，護士居然還說：「不算太小，各位放心。」

那小哥哥呢？

「在家由傭人看着，唉，看樣子得找多一個可靠的幫手。」

「你好好養身子，別的慢慢想。」

如一對兩個姐姐說：「不是人幹的，太吃苦了，四周圍都是血，簡直一命換一命。」

程里靜一會兒，「大姐正計劃懷孕。」

「醫生怎麼說。」

「最好再等一年，怕荷爾蒙轉變影響身體。」

「先做胸部吧。」

「左根生怎麼說。」

大姐畢竟是大姐，「我的肉身，我沒與他商議。」

那名父親終於返回本市，當然，極之感動，非常開心，但，一切對他來說，十分現成，不久便抱着幼兒出院。

程媽說：「兩個孩子晚上一起哭，所有鄰居都敲牆壁抗議。」

程媽把那苦惱母親請過來，「好好吃頓飯。」

那也不行，大兒跟着，也要吃。

程家忽然熱鬧。

雖然又髒又忙，可是那幼嬰梨子般大小面孔一亮笑容，天穹好似張開一般，程媽說：「可以看整天」，一點不錯，奇是奇在他還有一個酒渦，抿嘴時會得出現，可愛得如一只會喃喃說：「啊，啊，是嗎，這樣呀，我知道，我知道。」

大家聽了都笑。

可以在門口貼一招紙：「程氏日託」。

陳家人對程母說：「我們計劃要孩子。」

程母正在廚房幫隔壁二子洗大批奶瓶，聞言先不出聲，然後緩緩說：「兩名女性如何生子。」

如一輕輕回答：「一個女子也可生子。」

料不到程媽這樣說：「當年我就一人生下你。」

「我們回加國請教生育醫生。」

程媽抬起頭，「那麼，我是否外婆。」

如一輕輕說：「女兒的女兒，不叫你外婆叫什麼。」

程媽慨嘆：「老了。」

「母親大人，你一早已老，別怪東怪西。」

稍後程大小姐完成胸部矯型。

雖然蒙着紗布繃帶，也看得形狀理想，與原物相近。

如一不住點頭，向醫生道謝。

這醫生從不幫人隆胸，只做更生手術，這是矯形原意。

程表重新塑造人生，逐步來，接着，是要懷胎。

程里說：「我佩服大姐。」
「我也是。」
輪到程里。
「你是肯定想好了，決不後悔。」
「如一，你像舊式電腦一項功能：但凡主人要刪除什麼，老是問了又問：『你肯定要刪除？』戀戀不已，新款電腦靈通得多，每隔一段時間，把主人從來不用記憶自動清除。」
這個時候，如一已完成功課，交到左根生手上。
左根生雀躍。
題目是「文藝復興時代從事美術的艱苦歷程」。細述沒有不吃苦的藝術家包括米開蘭基羅及達文西。
程里說：「據說達文西聖母像的臉容全屬於他一個漂亮的小男朋友。」
「程里，我陪你走這一程。」

「你公私兩不便，辦公室你已上手，至於私，不但有家人，而且程媽也需要你。」

「其實，都是我們自作多情，誰沒了誰不行。」

「想得太灰也不妥，請繼續充當主角。」

「你自己當心，別太心急尋找伴侶，叫壞人有機可乘。」

程里笑：「還有什麼忠告。」

如一索性這樣說：「別乘搭順風車，也別讓別人搭你的車。」

「謝謝你程如一。」

程表告訴如一，「老二走之後，我一直睡不好。」

「可有夢見程太。」

「說也奇怪，一次也沒有，可見我沒心肝。」

「亦可解作她對你完全放心。」

「我做夢看見一棵漂亮大樹，上邊鈎着三十隻風箏與停着三十隻鸚鵡。」

「左根生好嗎。」

「那麼多秀麗華裔女生簇擁着他，連別的科目女生都來旁聽，他當然高興。」

「所以，那麼多老男人愛做終身教授。」

「如一，我們廠裏若干員工已屆退休年齡，渴求新血。」

「外頭有個說法，程氏沒有男職員，時髦女不稀罕如此辦公室。」

「那麼，招聘男生。」

「你想好了，大姐。」

「我已與人事部商量過，本市平權會曾經詢問此事，程氏沒有藉口推諉。」

「那麼，就擬則啟事吧，五個部門共聘請六個空位。」

人事部告訴大小姐：「二小姐提了這個數目往美國。」

程表一看，數目不少，是程里兩年年薪。

如一輕輕說：「一個人的生活費用已經不輕，要做特殊手術當然更加昂貴。」

「這是她唯一心願。」

「為什麼不是要求一輛平治梅柏電動跑車呢。」

「你倒是有嘴巴說人，將來你做生育手術，花費也驚人，唉，世路難行錢作馬。」

殷律師知道後說：「你們三姐妹沒有一個是省油的燈。」

程如一不服氣，「殷師，你是嗎，為何你要千辛萬苦到倫敦進修，吃盡寒窗十載之苦，至今未婚，當然也沒有孩子。」

殷師氣結，「但是我不貪，我得些好意已回頭。」

「對，我們都貪婪到極點，不如像昆蟲，似蜉蝣，沒有腸胃，因它朝生暮死，根本不必吃東西，也不必上學、考試、讀學位、找工作，在職場浮沉，有苦無樂，還有，不必損起家庭、為子女擔心，或計劃退休，因為，

Memento mori記住，人人均有一死，一切努力，均成泡影。」

「如一，別對殷師放肆。」

「讓她說，她覺得社會虧欠她，她談戀愛，需隱瞞三年。」

如一張嘴，想說什麼，終於閉上。

過不久，程里傳來相片。

如一深深吸一口氣，才敢張望。

平胸，有兩道縫針痕，程里終於得償所願，求仁得仁，是謂幸福——「已當生物廢料扔棄，它們從不屬於我，如今，鬆一口氣，也無限淒酸。」

大姐說：「多麼諷刺，我要填充，她要挖除。」

接着，忙着職員面試。

都會廿年前有移民潮，此刻，他們的第二代回歸發展，都市出現極其優秀新人才，學歷高，精通三文，性情開朗活潑，一些小動作如側頭、揚眉，還有幽默感均與洋人無異，他們多運動，身段也漂亮，牙齒尤其雪白整齊，叫人事部嘖嘖稱奇。

整個女兒國開揚起來。

程表說：「真沒想到，還以為沒有男子是為她們好。」

家長式統治看樣子是過時了。

她們問人事部長：「那個大眼睛會笑的麥基爾工程系男生可有錄取。」

「程氏並不以貌取人。」

「那，我們都是豬八戒？」

「我們無所謂，三位程小姐不生氣就好，呵呵呵。」

遲一步，那麥基爾大眼子被另一間廠房以高價搶走，不過，程氏也請到理想人才；從這時開始，辦公室多了六位男同事，與許多銀鈴般笑聲，男同事要待數天之後，才發覺程氏從前沒有男生。

是什麼叫管理架構改變主意？

他們好奇。

老一輩職員看不順眼，「什麼事如此高興，真輕骨頭。」

她們派代表問人事部長，「可否不穿制服。」

「你們之所以有若干積蓄，皆因公司有制服規矩。」

「是，是，」她們也很明白。

男生也得穿同色制服。「像速遞公司」，其中一人說。

這件事，在某報財經版左下角成為花邊新聞。

「老二回來，要不認得了。」

可不就是這樣，她一進辦公室，便有年輕男生活潑迎上，「哪一位，想見哪一位？」

這麼生動，從什麼地方來。

「二小姐回來了，等你呢。」舊人向男同事使個眼色，「就那咖啡。」

男同事尷尬，低聲說：「那罐咖啡，好似沒有主人，被我們喝光，忘記補回。」

「揭你的皮，還不即刻去買。」

程里奇問：「這就是你們說的豬八戒，女兒國可有亂象。」

程表扳着程里肩膀，「讓我看仔細你。」

如一也跟着，掩上門。

只見短髮的程里精神奕奕，髮腳額角上唇都長出較密汗毛，她抹抹上唇笑。

程里像正在發育的小男孩。

大姐緊緊擁抱，是，豐滿的胸部已經平坦，臂肌也比較發達。

「你的——」

「還保留着，要等下一次手術。」

「恕我們質疑，你快樂否？」

「快樂是太深奧的感覺，我只是輕鬆自在，像是覺得，這才是我自己，我已向男子泳隊報到受訓。」

如一淚盈於眼，「我替你高興。」

程里大力拍如一肩膀。

回家，姐妹聊天。

「人事部說，多幾個男生，像多幾隻老鼠，茶水間本來井井有條，此刻連餅乾都偷吃光。」

「喂，香檳呢，祝賀我。」

程表與程里脫掉襯衫，姐妹比較人工胸脯。

如一嘆說：「做得這麼好。」

「是，比起上一代兩代，我們幸福得多。」

「但是，」如一說：「我們也不要太張揚。」

程里說：「我不會招搖，我們三個一向事事低調，像大姐從不接受傳媒訪問，我當然也不會四處嚷：『我變了，我變了』，忽然繪形繪色寫起自傳。」

如一忙不迭點頭。

「不隱瞞，也不宣揚。」

「可是，或者分析解釋一下，會對別人有幫助。」

如一笑，「下次，你就會要幫地球一把。」

「如一，如此隱形，沒有自我。」

「看各人性格習慣罷了，許多人，買一件新衣，也要招搖過市，聊天第一句便是『上週我在意大利米蘭』，以下一切，不必聽也知是他有條件往歐洲炫耀一番，我絕不會參加遊行，結婚離婚也不會大肆擾攘，個人選擇，怎麼舒服怎麼做。」

程里答：「是，是，做回自己。」

如一想起，「我的論文通過沒。」

「好像給了分數B-。」

「什麼，我程如一還要出去走嗎？叫那碧眼兒改為A-，否則，他兒子不用叫我阿姨，我是認真的，他太氣人。」

兩個姐姐不去理她。

——「按下去可痛」，「會，下大雨天氣變，需吃止痛藥」，「可有期限，可需更換」，「大抵十年左右要換一次，屆時必有更佳填充物，我都做好心理準備」，「心理這一關，可最重要，無論性別身份，還是要莊敬自強。」

只見如一拿香檳泡爆谷吃。

「終有一日，她會用香檳泡飯。」

「叫家人訓她，實在喝得太多。」

程氏男同事下了班都喜歡在泳池逗留，都會中找私人泳池談何容易，如此難得員工福利，不可放過，每天下班均逗留半小時。

有時他們坐在池邊欣賞程里泳姿。

如一開始有點擔心，幸好程里穿密封賽衣，一時看去，只似小男孩。

林俐也來了，由程里指點，一下子游得頭頭是道，在水中，小林俐如魚得水，肢體殘疾不再是一個問題。

男同事也乘機請教，程里一一糾正姿勢。

女同事聞風而至，在慢線淺水處驚聲嚦嚦。

平時空寂泳池如今可熱鬧，人事部連忙聘請救生員。

程如一說：「真奇怪，異性相吸，世代如此。」

「小學試驗磁石功能時便叫我嘖嘖稱奇。」

「說起小學，有個左撇子同學被母親打到用右手為止。」

「如此殘暴，匪夷所思。」

「此刻不許再對孩子動粗，打手掌也不行，尤其加國，小孩與狗，非尊重不可。」

程媽有意見：「最奇是如今三歲孩兒也會說『我不喜歡』，喜歡？生活是生活，該做什麼做什麼，七時起床，九時睡覺，做妥功課，尊重長輩，升大學是因為培養一技之長，以便未來生活上軌道。現在，選科也得憑他們喜歡，否則，動輒自殺，可怕的世代。」

「這麼說來，母親不喜革命的中山先生。」

「你們還沒做母親，你們不知道。」

陳家人要替程媽檢查身體。

「不要你。」

大家側頭微笑。

陳家人與程如一開始做生育程序。

家人自告奮勇，「讓我來，我父母已不認我，我無牽無掛。」

醫生說：「兩位，這是艱險痛苦歷程，像冬季雪暴中上斜坡，成功率頗低，實際只有5％左右，其餘的，正如華裔所說，看緣份及造化了。」

醫生沒提及的是，收費尤其昂貴。

兩人似上生物課，深深吸口氣，重新溫習。

「兩位選擇條件如何。」

「要高大漂亮富幽默感會讀書有學歷及正當職業。」

同一般丈母娘擇婿條件並無異樣。

「喜歡旅遊、美術與音樂。」

「不重視名利，瀟灑大量，不吝嗇金錢，和藹可親，機智過人，愛護婦孺。」

說着，兩名年輕女子自己先笑出聲。

醫生也笑，「有這種好的種子嗎。」

「我最怕設計害人，損人不利己的壞人。」

「對不起，填表格時，他們不會誠實寫出。」

「那，是靠運氣了。」

「醫生做到最好，最後，看緣法，子女未來，無人可知。」

她倆沉默。

這時就開始擔心事，子女沒出生就白了頭。

「我替你們選擇可好？無遺傳性疾病，嘴角有小酒窩、聰敏、活潑、喜讀書，還有，要男孩抑或女孩。」

都可以挑選。

「醫生，你在做上帝的工作嗎。」

「我只是為上帝認為應有子女的人穿針引線。」

「你是月下老人。」

「噫，可以如此說。」

回到家，如一與家人商量，「可否一起做此手術。」

「如一，不可太貪，一個一個來，照應比較周全，也許，一個已經吃不消。」

「人頭湧湧，多麼有趣。」

「他們不是一窩小狗。」

「原諒我的謬論，那麼靠你的了。」

如一漸漸又不放心，「分手時怎麼辦。」

「誰同誰分手，」家人詫異，「你有一日會同我分手？」

「有可能的事，總要考慮周詳。」

家人不以為然，「你會同我分手？」

「將來的事，誰知道，如果孩子同我並無血緣，又非我十月懷胎，一定判給你，我怎麼捨得。」

家人氣結，「那乾脆一人一名。」

「你會痛惜我那一名？」

「今天大家都非常疲倦，不再談論這個問題，我們適可而止。」

明智之舉。

——「你要男孩還是女孩。」

家人不再出聲。

「一家人，同一位男士是否好些？」

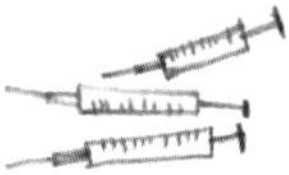

沒有回音。

一年過去，細節全部計算妥當，幾乎似訂造嬰兒，打針服藥，可是兩次都不成功，兩個人都相當勞累，醫生說：「有人做七次才成功」，把「難報三春暉」提升到另一階段。

家人的頭臉因注射腫如豬頭，全身痠痛，但仍堅持上班做報告，她是法醫，每日做解剖，這種胎教，實在無益。

如一說：「讓我來吧。」

醫生歡迎，倒底年輕幾歲，機會多一些。

可是，如一苦頭吃足，也做了三次，亦告失敗。

醫生勸說：「休息一年，從頭再來。」

如一已經吃不消，臂彎密密麻麻注射各式針藥針孔，像一個有毒癖的人。還不敢訴苦，吃這種苦頭全無必要，誰也沒給如一壓力，又不是有億萬家產等這末生兒承繼。

如一回家。

一日，三姐妹陪程媽吃飯。

女傭做了一味葱爆羊肉請左根生，才捧上碟子，程表忽然掩住鼻子，接着，忽忽走進浴室，嘔吐大作，伏在瓷盆上，連腸子都幾乎掏空。

如一大驚，進浴室侍候。

「熱茶，熱茶。」

以為是針藥反應，程媽已經請醫生。

如一扶大姐坐下。

程里說：「別坐廁所，我們到露台。」

如一連忙用浴巾搭住大姐肩膀。

醫生忽忽趕到，讓程表躺下檢查。

半晌，面有喜色，「不怕不怕，正常現象，明早到我診所再加肯定，左太太，你懷孕了。」

大家先是哇哈一聲，掩嘴咧齒大笑，隨即擔心：「這——」

醫生挺胸而出，「有我在呢，舍妹是婦產科專家，我們兩人會照顧左太太，以平常心專注帶嬰兒來到這世界。」

程媽淚盈於睫，「是男是女。」

「明日當可知曉。」

「母親大人，也許大姐要保守秘密。」

程媽答：「是我唐突了。」

「有什麼要特別注意。」

「早睡早起，散步運動，不煙不酒，吃得營養清淡，已經足夠。」

如一把臉埋到大姐胸腹上聆聽消息。

醫生笑，「再過兩個月吧。」

轉頭，不見左根生，原來他一個人躲在露台一角凝神。

「左老師，恭喜。」

「啊，如一，我心忐忑。」

「不怕，是福不是禍。」

「女性真偉大。」

「我也這麼想，沒有女性沒有這世界，可是上世紀初葉才爭取到投票權，而到七十年代，才同工同酬，今日在新進國家如美加，一般來講，女子薪酬只及男子85%。」

左根生微笑，「這是你心頭之結。」

「你看，所有不尊重女性的均是落後國家，自動放棄一半勞動力，焉能興旺。」

「程家是例外中例外。」

「要做父親了，有何感想。」

「盡量做好自己，等孩子出生，起碼揹一半育兒工作，此刻，只希望母子平安。」

「喜歡男孩還是女孩。」

「都一樣。」

「要是像阿姨呢。」

左根生臉容變得嚴謹，「無論孩子選擇如何，一樣尊重愛惜。」

如一緊緊擁抱左老師。

她接着到書房把消息告訴殷律師。

殷師說她馬上到程家祝賀。

那晚，程表早休息，左根生在沙發盹着伴她，其餘人等，興奮說到天亮。

「叫什麼名字」，「左家自有主意」，「叫寶寶吧」，「如是男孩，當眾一聲寶寶，他一定不高興」，「叫弟弟或妹妹」，「他們夫妻必然取別致字眼」……

說累了，吃些點心，精神又回轉，一直到天亮，如一與程里告辭直接回公司。

兩人決定待情況穩定才知會同事。

「大姐勇氣從何而來。」

「可能她自身也不知道，待嬰兒出世，樂觀與勇氣隨荷爾蒙變化下降，是以一些產婦會產生抑鬱症，我們需專心看牢大姐。」

陳家人發覺她是最後一個得悉消息的人。

「怕你不開心。」

「我高興還來不及，不知多久沒聽見嬰兒哭聲。」

「家母也那樣說，她記得剛生下我，半夜熟睡，忽爾聽見嬰兒啼哭，心想：誰家幼兒，不讓母親有覺好睡，突然想起，哎呀，那是我的女兒啊！」

「她可希望你是男孩。」

「我沒問她，她已決定獨自撫養，不過，經濟來源由我父負責，否則，再勇敢也無用。」

「你覺得阿姨可有真正接受我倆。」

接受，未必。

這件事對程媽來說，如量子力學對程如一；程媽一點也不明白三個女兒為何自虐，但，女兒是女兒。

她精神已大不如前，本以為第一樣失去的會是視力，她自幼深近視，中年已滿眼飛蚊，雙光眼鏡配了又配，總是不滿意，又不適合做激光手術，甚為煩惱，但不，原來最敗退是關節：膝蓋、足踝、盆骨、腰椎，無處不痛，天天要服鎮痛劑，天陰下雨更痛得叫救命，上街吃頓茶都要穿綁腿支撐，一抽屜是護膝護髆。

接着，腸胃也老舊，要小心侍候，一天共去無數次，整晚醒轉，當然不能睡好，有一種用品，叫做「敏感膀胱用」，真是好發明。

這些，都能與女兒訴苦嗎，當然不行，她們若懂事，會得傷心，若無心肝，只當耳邊風，說來作甚，有一日，她們會知道其中之苦。

最慘是記性，會同女傭說：「那個什麼，放在什麼地方了」，一連幾個什麼，老是記不起專用名詞，傭人十分機靈，等一會，待太太記憶回歸。

——那個誰找阿里，不，是如一，約在那個書店還是圖書館見……

連她自己也聽不懂。

倒是耳朵還相當靈光，夜間每一個打錯的電話的鈴聲都清脆惱人。

一日，半夜，剛睡不着，聽一個搭錯線，那邊有年輕女子飲泣：「我們，真的無可挽回了嗎」，程媽實在忍不住，「阿妹，」她勸這個陌生女孩：「回頭是岸，速速忘記，從頭開始，一年之後，你會慶幸」，那女子吃驚，連忙掛上電話。

優雅地老去……說的人還沒有老，那是不可能的事，只能做到鎮定地老去，千萬不可開口閉口「我很老很老了」，誰關心？也不可故作寶刀未老之狀，更加肉酸。

程媽對自己說：順其自然吧，無比感慨。

看着女兒如一成長，倒也寬慰，一代接一代，她老了謝了，由青蔥的女兒承繼。

對於非親生的程表，程媽特別用心，重病後懷孕，家中只有她一個經驗人士，義不容辭，她天天盯着。

程表這次懷孕比別人苦，無論吃什麼都嘔什麼，不到一個月，瘦整個圈，故特別疲倦，睡着醒不轉，搖醒，會惺忪問：「禮拜六，也要上學？」

醫生說是壓力大，需要耐心開解。

過了三個月，性情突變，什麼都覺得好笑，電視打出「此節目暫停」她都大笑，又開始嗜吃，油膩炸雞腿半打半打那樣送入嘴，冰淇淋整桶抱着，逼兩個妹妹一起看舊恐怖電影，邊笑邊吃，一下子胖二十磅，醫生怕她會血壓高，半夜偷偷起來找吃的，白麵包都不放過，平時精明敏感神采飛揚的她忽然變得任性自在，快活無比，酒是不能喝，改吃甜的，照樣開心。

一日，如一帶回大堆影碟，她找戲劇學院研究生收集各種年代各式版本「梁祝」電影，程媽說：「太傷感，不合孕婦。」

「反正大姐看什麼都覺好笑。」

所料不錯，笑得各人昏倒。

女傭評曰：「真沒良心。」

如一說：「你懂什麼，死了也是白死，你看實例：舊人不知何處去，衰男依舊笑春風。」

程母心中別有滋味。

可是看到舊越劇中樓台會，癡情的山伯說「我無限歡喜化成灰——」，程家女班子還是忍不住泣泣落淚。

女傭號啕大哭奔進廚房掩臉。

如一說：「神經病。」

關掉電視。

程里問：「後來怎樣。」

「你不知道嗎，兩人化為蝴蝶，有首兒歌唱：蝴蝶本為採花死，梁山伯為祝英台……故古言情小說有鴛鴦蝴蝶兩派。」

「嗄，」程里大驚失色，「我竟不知有此淒涼故事。」

「不要緊，會背羅記與茱記也一樣。」

一家人比從前更加親密。

五個月，胎動，程表這準母親恢復常態。體力進步，可以每天上午到辦公室一會，看到業績進步，不勝歡喜。

左根生放下心頭大石一半重量，另外千斤，要待孩子出生再說。

「叫什麼名字。」

「Thor，北歐神話中雷神。」

「不好，想個簡單些的。」

「Haas，我祖父之名。」

「哈斯，噫，好聽，女孩呢。」

「伊索蒂行嗎。」

「悲劇之女，不妥。」

「以你說呢。」

「曾祖母何名？」

「以馬內利，『主與我同在』的意思，簡單愛瑪。」

「啊，她改信基督。」

「她七歲移民到美國。」

每個黃昏，大家伏程表腹上聽胎動。

一次，咚一下，似一隻小腳踢到程里面孔，程里嘩哈一聲，用手去抓凸點，如一連忙阻止，「喂喂喂，切勿太瘋。」

程表不理她們，自顧自讀育嬰寶鑑，這肚皮好似已經不屬於她。

只有夜深時，人群散開，左根生才有機會與妻子說幾句。

「是男還是女，你是知道的吧。」

程表點頭。

「我也好奇呢。」

「也是個女孩子。」

左根生歡喜，「我看到可愛小女孩整個人融化掉，她，也得有個中文名字吧。」

「叫念初，凡事，要記得初衷，不要老說：我怎麼會幹上這一行，我為何會嫁給這個人……當初，一定有個理想，曾經深愛過，以後，心變，可是如果記得初衷，凡事必不會去得太盡。」

左根生不甚明白華裔哲學，只得唯唯諾諾。

「我已知這名字她必然少用，但也會替她刻一枚圖章，讓她帶在身邊。」

天濛亮，左根生對胎兒說：「愛瑪左根生你早。」

已經第三年紀念程太太。

程表行動不便，在家中默念，她們一行三母女連傭人長途跋涉來到紀念館，天忽然下微雨，如一幫母親撐着傘，聽見她說：「老友，來看你呢。」

程里感動，不知什麼時候，兩個母親已成為朋友。

她們帶來大量白色香花，一一放好，別的家人看到，都點頭稱善，「你家孝順。」

程太太還享用得到嗎，大抵不，但她們盡了心思，又可以繼續生活。

回家途中，如一說：「彷彿古人有一個做法：在先人旁結一草廬，住上三年，什麼都不做，專心哀思。」

程里說：「那整個社會豈非停頓下來，怎麼行。」

「夫子的一個弟子也與他爭論，結果夫子生氣，說：『做不做隨你，汝安之，則為之。』」

程媽不出聲。

這年頭，哪裏還有長輩說話的餘地。

到家，一起吃一頓清淡午飯，如一留下陪母親。

程媽說：「阿左說你已取到博士學位，喜訊呢。」

冗長的學習歲月總算結束，自三歲起唸學前班，一共四分一世紀，學費開銷疊得程如一身量那麼高，可是，她讀的那科，不是程媽理想寄望那科，清高娟秀過之，實用不足，實屬遺憾。

「母親是希望我讀醫科吧。」

程媽勉強笑，「都一樣啦。」

如一忽然生氣，「不，不一樣，無論我多努力，就是不一樣。」

她取起外套出門。

傭人追上，「這兩碗菜，給大小姐。」

程表見如一氣色不比尋常，納罕說：「至今尚與程媽鬧意見。」

「咦，左根生人在何處？」

「回歐洲一趟，說是想念鄉下。」

「搞什麼鬼，你快生養，這種時候走開。」

「他也寂寞。」

「不是有那些漂亮美術女生陪着嗎。」

「同北歐冰川深谷碧海火山湖不一樣。」

「小左根生會跟他回北歐否？」

「當然不，我孕育生下孩子，自然姓程，並且在本市受教育，必須諳華文。」

如一先不出聲，過一會說：「這是阿左回鄉下散心的原因吧。」

程表的聲音堅毅，「我不知道，我不擅探測男性心理。」

「不是說要念初嗎。」

「所以再辛苦，三姐妹也要好好帶大這孩子。」

如一伏在大姐膝上，「程表你說什麼就什麼。」

左根生這一去，直至孩子快出生，還未回來。

程如一找到他，接近他，用食指指向他胸膛，「還不跟我走！」並不生氣，聲音軟糯，「不去，後悔一世。」

左根生整個人軟下，如一是他一帖藥，他愛她不止一朝一夕。

他跟着程如一走。

時間剛剛湊合，程表已注射鎮靜劑，預備剖腹產子，看到丈夫，點點頭，「來了」，已被推進手術室。

整隊女將在候診室等，對左根生半絲抱怨也無，招呼他喝咖啡吃點心。

程媽帶着手織的絨線小被子，打算拔頭籌見外孫。

終於半小時後，看護咧着嘴報訊：「各位，是男丁！竟被小子瞞足九個月。」

各人一怔，隨即大笑，左根生尤其開心得坐倒在地。

程媽說：「有男丁了。」

如一瞪老媽一眼。

程里解圍，「將來有個大男孩擔擔抬抬也好。」

大家到育嬰房玻璃窗外看哈斯左根生，一眼就把他在芸芸眾嬰中認出。

別的幼嬰不是睡就是哭，獨獨他，雙眼睜大，一副好奇樣，頭還不會轉，雙臂卻舞動。

「哎呀，」程媽說：「好英俊的孩子。」

很少有人用「英俊」二字形容剛出生孩子，不過，用於這哈斯身上，一點不錯。

如一看仔細，這幼嬰確是俊軒，眼大鼻高，面如冠玉。

程媽問看護：「可以抱一抱嗎？」

程里這才想起，「大姐呢，大姐可平安。」

都忘記產婦了。

只有左根生記得妻子，跪在剛縫好針醒轉的妻子身邊，「你說什麼就什麼。」

如一輕聲責備：「早說，大家都毋須吃苦。」

程表動動嘴角，如一趨近聽，她說的是：「我已盡了全力。」

如一嘩一聲哭出，掩住臉跑出病房。

程表與如一哭成一團。

程媽出來低聲說：「現在知道娘辛苦了吧。」

晚上，叫人搭了床，左根生睡妻子身邊。

看護抱小哈斯出來，如一連忙拍照，各人都抱過，女傭勞苦功高，也抱一回，大家在房裏吃家裏做的鮑魚雞粥。

程表傷口痛，由程媽餵着吃兩口。

接着，是程氏同事送花上來，斗大紅字寫「是個男孩！」各人在家做了紅蛋，又訂糕點送醫務人員，都想得周到。

醫生進房間，「程如一小姐可在。」

如一舉手，「我。」

「請出來說話。」

醫生在她耳邊說：「真是一命換一命，女子勇氣有時似蠻牛，她白血球數目大增，必須留院觀察。」

如一默默點頭。

「可以控制，但必不可試第二次。」

「明白。」

醫生這時才笑，「真是個英俊幼小生。」

誰說不是，幾乎可預測小女生歡喜地圍在他身邊的盛況。

她們在病房開香檳。

如一什麼都不想說，唔唔聲應酬，喝半醉，把照片傳家人觀看，嬰兒全裸照遮住重要部位，無聊舉止往往有極大樂趣，如一暫忘煩惱。

五天後程表抱嬰回家，舉止艱難，上浴室需要摻扶，她像是老了十年，只有在抱嬰在懷之際，臉容忽然安詳，痛楚稍減。

英俊小兒與醜陋小兒一般，半夜一定大哭，一三五當更的如一在服侍哈斯之際，不禁慶幸自身懷孕不成，她根本沒有準備妥當，托大，以為育兒是一塊磚頭，誰知是整籮傾倒頭上。

如一對嬰兒輕輕說：「是嗎，當然要哭，馬莉與安妮同時追求你，在校園大打出手……新跑車撞凹車檔，你爸罰你禁車三月，苦惱事真多可是。」

說着自己也笑出聲。

餵飽清潔之後姨甥二人相擁在沙發入睡。

稍遲家人說：「聽說大姐把孩子帶往辦公室照顧，形影不離，嗯，叫她留前鬥後，來日方長，別一下子筋疲力盡。」

「哈斯是提神劑，女同事看不開之際，悄悄看他一眼，說幾句話，精神又回轉。」

「可憐寂寞芳心。」

「你有話要說。」

「工作合約將屆，我可以在當地續約，或是回來陪你。」

「這是重大抉擇，當地有你熟悉工作程序及合作同事，一動不如一靜。」

家人無奈，「可是等極不見你回轉。」

「不能盡叫你犧牲，我也想念北美。」

「我亦不可勉強你。」

「二人分隔兩地，不是滋味。」

如一知道是好好想清楚的時候了。

她坐大姐身邊，哈斯看見她認得是阿姨，會伸胖胖手臂揮舞。

如一肉麻當有趣地說：「嗯，這麼胖幹甚麼，可是光長肉，不長腦。」

呵他癢，小兒呵呵笑。

大姐看如一神色，「你可是要走了。」

如一點頭。

大姐握住她手，「真不捨得。」

「你們還有程媽，她比我更嚕嗦霸道。」

「是，昨天才不許哈斯穿白色衣褲。」

如一好笑。

「這幾年全女班家庭幸虧有你在。」

「沒有留得住程太太。」

「沒可能的事就別說它了。」

「左根生回心轉意了吧。」

「夫妻關係至為脆弱。」

「你在女兒國長大，與家人又特別親厚，娘家為大，丈夫地位自然稍欠重要。」

程表不出聲，忽然笑起，眼角都是皺紋。

人人也總有皮色鬆弛一日。

這三年程如一看到生老病死，沒有一件不叫她心悸。

程媽正在廚房做薯茸給哈斯。

「這些日子你來來去去轉得我頭暈。」

「還是會兩邊走，起碼一季見一次。」

「程里也要回學校訓練，幸虧添了小哈斯，我正閱讀資料替他報名。」要開始做人了。

最喜慶的事是公司事務完全放得下。

在家人沒有再加催促之前，如一已經步上飛機。

家人意外，「大姐說你已出發。」

「你來接我吧。」

如一順手取過一本時代週刊，內裏一篇圖文報道震撼到叫她深深吸口氣，文字淡淡平易近人，一開頭這樣寫：「我弟伊文出生時是女性，十六年前他改變性別，以男性姿態生活，這個春季，三十六歲的他生育第一個孩子」，照片上是一個光頭鬍髭胖漢正在為一個嬰兒哺乳。

如一渾身寒毛豎起，鄰座一位年青人輕輕說：「你也在看這篇報道，可真怪異到極點，自問豁達開通的我不能接受：明明一個女子，只願承認肉身是男子，可是到了中年，又決定懷孕生子，那，這個人，到底是男性還是女性，更叫人吃驚的是，美國已有兩千宗這種個案，我在想，什麼時候產生科學怪人？」

如一不能回答，那年青人的表情與她一樣困惑。

「去年，美國涉及轉性人的謀殺案達廿一宗，比起上一年上升65%，引起人權法案局注意，你說，是否因為驚惶引起？」

如一看着他一會，這樣答：「我不過是坐在你鄰座的陌生人，我不是什麼智者。」

那青年咧嘴笑：「對不起，我是彼得。」

如一輕輕說：「你好」，並沒與他握手。

「今日，連美總統都垂注這個現象，性別已不是男與女那麼簡單，許多人走出，坦白表示他們意願，可是，四周圍一般人怎麼辦？文中說到伊文大着肚子到上司前說出他的實況，那女上司怔一會，然後微笑說：『恭喜你，我會知會人事部安排你產假及其他福利』，你說，誰比誰更值得佩服？」

如一不出聲，她不擔心自身，她恐怕程里有朝一日會決定那樣做。

青年問：「這是否任性？比伊文早幾年實踐男性懷孕的還有一個選美王后夏威夷小姐，這年頭的生育醫生可能也要負一些責任？」

如一沒有答案。

青年說：「我為類此現象害怕。」

如一請他喝香檳。

稍後，他問她要電話號碼，以便下了飛機聯絡。

如一不想與他做朋友。

「看得出你包容涵養比我大得多。」

如一閉上雙眼裝睡。

青年知道他不該多嘴，餘程，不再說話。

好不容易抵埗，家人來接，兩人輕輕擁抱，那叫彼得的年輕人跟在如一身後，看到此情此景，忽然醒悟，「你是——」

如一點點頭。

「對不起，」他結巴，「我冒失了。」

如一忽然詼諧地拍拍他肩膀，「慢慢來，你已做得不錯，至少不歧視黃人黑人。」

家人納罕問：「什麼不錯，他是誰。」

「一個過早下判斷的人。」

「他錯誤向你搭訕。」

「年輕之際，沒有人兜搭，豈非冤枉。」

「如一，感激你回來。」

「別客氣。」

她們的家在大學區，比較清靜，離市中心廿分鐘車程，有關群組的酒館、飯店、健身房、甚至圖書館、雜誌店都在附近。

如一有鬆口氣的感覺。

她即時申請工作，希望新學期任教。

家人說：「要不，把阿姨也接來。」

「她有叫哈斯的新歡，已淡忘我們。」

「要是我們也有子女呢。」

「家人，見過大姐懷孕生養，才知你我其實未曾準備好。」

家人不以為然，「結婚、生子、探索宇宙、走出學校，誰能真正百分百準備妥當，都只不過見步行步，邊走邊學，不能因噎廢食。」

如一不出聲。

只要與家人在一起，就是過好日子。

她們二人聊天可到深夜，從那懷孕男/女子說到南海局勢，大姐與左根生的婚姻危機，母親健康狀況以及全球天氣明顯暖化，還有，趙佶真是禍國之君。

天未亮，尚可觀星，她們在露台看獵戶星座腰帶上那顆最明亮的B星。

太陽升起，到附近小咖啡店吃早餐，然後梳洗各自辦公。

如一推出她那輛老好自行車，來往靠它。

美術系主任說：「程女士你回來了。」

如一氣色甚佳，心廣體胖。

對於薪酬職級，她不計較，養得活自己就好，她確是程家一分子，但也是獨立個體，最重要，是社會有用一分子。

佟至最高興：「少了你總像少了什麼。」

「這話別叫你男友聽見。」

「完了，上月同意分手，他嫌我一倒床上就熟睡且扯鼻鼾。」

「啊，四月果真是最殘酷日子，有傷感嗎。」

「自然，我倆也曾有過好時光。」

「我記得這個人總在下雨天替你打傘。」

「不是他，那是上一個。」

「自從社會開放，我們也生活得太囂張了。」

「但，時光過得這麼快——」

「這次回家，叫我更充分瞭解到這點。」

「放心，如一，我不會過份。」

「那麼，為何放棄白襯衫卡其褲改穿花花綠綠妹裙。」

「如一，一次，我幫一美貌青春小明星做她時裝店裝修，她站玻璃窗內指點。我發覺，街上每個走過的男子，都駐足朝她張望——」

「是的，一早就有民歌『在那遙遠的地方，有位好姑娘，人們走過了她的帳房，都要回頭留戀地張望』，還有西洋歌曲『那伊柏尼瑪女郎走過，人們見到便呀——地一聲』。」

「那種青春艷光流麗閃爍，叫我衷心羨慕，如一，你我曾經那樣矜貴過嗎。」

如一想一想，莞爾，「一定有。」

「我怎麼不記得了。」

「佟至，待年老時心靜，一定可以緩緩想起，一定曾經有人予你剎那溫柔，照亮你的少年。」

佟至落淚，「就那麼一點點。」

「是，就這麼些。」

「真不甘心。」

所以穿上花蝴蝶般裙子。

恐怕不到一會，整個行業也跟着她穿。

童話中有一個角色，吹起笛子，小鎮所有小孩跟着他走得無影無蹤，佟至也擁有該種魔術，叫行家追着她走，好傢伙。

與家人在一起，說不出的愉快，她從不叫她生氣，她也不，彼此知道對方界限，懂得一人少一句，或是各人多做一些。

時間過得快，一下子秋去冬至，原來這種時間回娘家最適合，避過冰雪，又可過幾個華裔大節，但如一一直推搪。

與家人在一起，是程如一的 niche，怎麼說呢，可以形容是自得之場：一塊小小樹葉，積聚了一汪水，一隻昆蟲，就可視之為家；找到氧氣水份些許食物，便可安身立命；無謂想這想那或欲望多多，那才叫舒服。

華人超市有冰糖葫蘆，如一邊吃邊與家人擠在街角看舞獅遊行，人群中特多洋童，金睛火眼釘牢那球火珠，神為之馳，這不是功夫表演是何物？非仔細觀摩不可。

站半天，累了，回家，買了菜打算用金華火腿與豬腰一起燒湯。

在門口，看到程家司機，那老好人抱拳說：「三小姐，陳小姐，恭喜發財，新年快樂。」

「阿忠，你怎麼在這裏！」

「大小姐一家叫我一起，他們要用車。」

如一怔住，他們倒拖大帶小來看她了，慚愧。

家人招呼：「快進屋來喝杯茶。」

「陳小姐，不客氣，我立刻要去酒店接大小姐。」

「就他們一家？」

「二小姐要留守公司及看護程太太。」

「速去速回，小心駕駛。」

一進門，手忙腳亂先收拾地方，髒衣雜物統統推進洗衣房，杯碗洗出。

「紅包，紅包，準備利是封。」

連忙找出顏色信封，用了再說，泡了茶又冰鎮香檳，門鈴響起。

一開門便見到大小左根生兩雙碧藍眼睛，如一快活得舉起雙臂舞動，喜悅尖叫歡呼。小哈斯已不大記得她是誰，也歡喜躍動，這小大塊頭壯大一倍不止，金棕頭髮，上下四顆牙齒。

如一緊緊抱他入懷。

家人連忙分紅包。

司機說：「大小姐叫我辦些雜物。」

「喝杯茶，吃塊定升糕才走。」

大姐四周打量，「這麼小，連臥室都沒有的小統間，住得慣嗎，一煮湯，整個空間都有味道。」

如一問：「長途飛機辛苦嗎，哈斯有無吵鬧，曾有頑童連父母被趕下飛機。」

左根生說：「可有地方讓哈斯睡一覺。」

「到我那邊去。」

「那邊還有一間？」

打開櫃門走過鄰室，大姐說：「怎麼像童話佈景一樣。」

家人問大姐：「身體好嗎。」

「並無復發，一切指數正常，真是萬幸，從此看世界不一樣，不再為小事爭執，孩子依阿左心意將進國際學校。」

左根生，開始努力以普通話與程家姐妹會話。

一次他說：「你們狼狽為奸——」

不得了，有語言天才，奮進到令姐妹們驚訝。

對，程里如何。

大姐沉哦，不說話。

「照片呢，給照相看看。」

大姐吱唔，「沒拍。」

如一背脊有點涼颼颼，「怎麼了，她還好吧。」

「精神不錯，一天工作十四小時。」

「三妹，幾時回家看程媽。」

如一嘻嘻笑，輪到她不說話。

這一個星期假期程表最開心，從早到夜不是購物就是吃盡各國美食，一日帶回一盒油炸蚱蜢，各人也嚼得津津有味。

假期終結，眾人回家。

左根生說：「不捨得。」

「你被馴服了，像孫悟空沒跳出五指山。」

「我聽過這故事，是如來佛祖的手掌可是。」

「你去大學中文系報名吧。」

左根生連忙點頭稱是。

他比如一更能熟習群居生活。

大姐念念不忘，「如一，寓所太小，我給你置一層較寬爽的地方。」

家人輕輕說：「我們可以負擔的面積就最適合我們。」

大姐敲敲家人的頭，「你比如一更倔強。」

小哈斯忽然把泡泡臉探近，學着母親說：「倔強，阿姨倔強。」

「哈斯，你與媽媽留下陪我們，左根生，你一人回去。」

左根生跳起，「這種笑話也說得！」

「程里怎樣。」如一再次逼問。

「你回娘家一看不就知道了。」

他們送到飛機場。

哈斯忽然大哭，摟着如一不放。

一位陌生太太羨慕說：「你們一家真相親相愛。」

兩位程小姐爭着笑答：「您沒見過我們吵架。」

把他們送走，家人鬆口氣。

她們又可以穿着內衣在室內走來走去，兩女都喜歡穿男性汗衫背心與四角褲。

如一吃香檳孖糕，即將兩球冰淇淋泡進香檳。

「不要喝太多。」

「我沒有喝太多。」

「所有劉伶都那麼否認。」

「我對華服名車大屋賭博收集首飾全無興趣，不煙不藥，這點樂趣不想放棄。」

家人拿她沒辦法，如一又不至於酗酒到第二朝爬不起。

翌晨，有工作等着家人。

兇殺案總督察默默無言與她走進檢驗室，一具小小遺體躺不銹鋼桌上。

家人低聲對助手說：「讓我看正面。」

「陳醫生，這已經是正面，臉面遭硬物敲擊，頭顱全碎，五官模糊，這孩子七歲，世上確有惡魔。」

陳醫生踏進一步，想看仔細，不料忽然噁心，忍都忍不住，蹲下嘔吐。

助手大驚，扶着醫生，「快，到休息室。」

助手把她扶上沙發，橫躺，請醫院別的醫生，一邊嘀咕：「陳醫生從來不怕各種遺體。」

駐院醫生檢查一下，立即驗血，「啊，」她鬆下一口氣，「陳醫生，恭喜，你懷孕了。」

大家一怔，都拍手道賀，都知道陳家人想要這個孩子要了多久。

如一忽忽趄至，激動，說不出話，有點獃，靈魂出竅，浮到半空，看到肉身與家人緊緊靠着坐，她像是聽到一把聲音說：「恭喜你，程如一，你倆得償所願，可是，接着該怎麼辦」，家人的助手捧進熱飲，如一發覺她在半空的精魂緩緩走進肉體，人神合一，取起熱可可，喝一大口。

「今天你臥床休息，工作由我們來做。」

家人頭暈得站不起，雙眼一片黑。

看護背起她到病房，一邊叮囑：「陳醫生你年紀不小，安胎要特別小心，最好告假。」

家人做一連串檢查，如一獨坐候診室。

快告訴家人！

咄，懷孕不正是家人。

那麼，快知會大姐。

待情況穩定再說。

身邊嗡嗡響，忽然，聽到一陣輕脆鑼鼓聲，側頭一看，原來一個老先生坐在她身邊看平板電腦，如一見熒幕上一個艷妝女子頭戴纍墜鳳冠，身穿官服玉帶，手握一把泥金牡丹扇，嘴裏哼哼唧唧一直吟唱。

如一雖不熟戲曲，也知道這齣戲叫貴妃醉酒，唉，做到貴妃亦還有不足之處。

唱完之後，角色接受訪問，一張嘴，叫如一愣住，貴妃有一把男聲，呵是，他反串，同莎士比亞戲劇一樣，女角，全由男子扮演。

正突兀，一隻小手伸過更換電腦上節目，是個美國歌唱頒獎節目，原來老先生孫兒不耐煩看京劇，轉台。

這次，是個高大碩健非裔女子，手捧獎杯，笑着對觀眾說：「感激各位寬容，否則，我這轉性人今日不會站在這台上。」

！如一錯愕。

啊，時勢不一樣了。

那孩子索性取過電腦板，玩起戰爭遊戲，打個不亦樂乎。

護士過來囑他調低聲音，並對如一說：「程小姐，請跟我來。」

家人一見如一也不言語便微笑，指着掃描，着如一觀看。

如一只見熒幕上有閃爍跳動一點，醫生說：「這是八週胎胚心臟，它健康穩定，想知男女還過早，下次可以揭露。」

回家後如一忽然變了大廚，她實驗煮濃稠米粥給家人，多番實驗，結果還是用雞湯燉最佳，魚粥連她都覺腥氣，牛肉也太騷。

家人低調，這次懷孕，事前沒知會如一，也不解釋。

如一問：「生物父親是個什麼樣的人。」

「端正高大的 CIT 美籍華裔量子學講師，最近曾往安徽合肥做研究，希望未來生母是專業女性。」

「性情如何。」

「這就靠運氣了，人心險惡，不可預料。」

如一倒抽一口冷氣。

「現在，要為孩子讀什麼學校思考了。」

真是，哪裏還來得及想其他。

佟至聞訊趕來，「搬到鎮屋住，有園子，空氣好。養一隻小黃狗，給孩子作伴。我來裝修嬰兒房，唉，剛接定單，要為波音廠設計私人飛機內籠，不過，一定會抽空……」興奮莫名。

佟至的生意越做越大。

她的男伴駕一輛自駕電動車來接。

家人微笑，「佟至男伴越來越年輕，越來越漂亮，毛髮性感。」

如一也笑，「我也奇怪，為何我不覺男伴吸引，照說，他們構造多彩多姿。」

是因為他們的情愫因子宛如白板吧，全不懂失意、失戀、失措，當然，也不知惆悵為何物。

蘇軾如此多愁：縱使相逢應不識，塵滿面，鬢如霜……別信他，他妻子辭世後，他有好幾個知情識趣的紅顏知己。

「那是因為上古男子要拼命外出狩獵吧。」

「那女子呢，女子幾時擔起獨立的權利與義務。」

「自孫文反對纏足，女子自此可追公路車。」

「上了學堂，知識是權力。」

「一次大戰，男子上戰場，家鄉工作不得不找女子頂替，女性甚至耕地，上兵工廠；戰爭結束，女子留守職位，已不能抑止她們的經濟權力。接着，爭取投票權，一票在手，政客必須顧及女子權益。」

「還有很長的路要走呢。」

「永遠有人憎恨女性搶走他們位置。」

「這些，往往是並無能力照顧婦孺的一撮。」

「我倆討厭男子嗎。」

「不，不，怎麼可能，懷中可能是男胎。」

果然是男胎，懷至五月，家人突喜吃薄餅，以及全脂牛奶。

此刻，程如一娘家已知消息。

程表拍一張程媽〇嘴的照片，還有哈斯發脾氣說：「不要弟弟」片段，這傢伙。

如一皺眉，男性，就是這點討厭。

鎮屋裝修得七七八八。

如一自願住有窗地庫。

嬰兒住二樓，家人上下跑三樓與嬰兒室運動。

她胖許多，連醫生都警惕怕她血壓高，這種情況，程表一一告訴程媽。

程媽欷歔，「她們真做得到。」

「也不過只想做回自己而已，一生那麼長，怎麼好勉強，而且，一人也只得一生。」

程媽嘆氣，「我也是人，我也只得一生，我卻從沒過自己喜歡的生活。」

程表一直輕輕替程媽捶背，一歲大哈斯走近，見樣學樣，也輕輕替母親捶背。

程媽微笑，「他們小時候真可愛。」

「就這麼些剎那溫柔，照亮我們的心。」

「有人會說我們是怪家庭。」

「有人是誰？我們吃自家，與人無關，每天好歹自身捱過，我管誰呢。」

「你們三姐妹好不倔強。」

與殷律師說起，忍不住嗟吁。

「程先生在世的話，也會喜歡。」

「別說他了。」

「那些閒雜人等可有繼續騷擾。」

「你猜呢，個個都說沒有企圖沒有目的，但求見面談判。」

殷律師笑，「否則如何。」

「要把老太太我的裙腳掀起，暴露醜態，說我也不是程某正式夫人，不過是外遇之類。」

「你怕嗎？」

「我一向只怕窮與病。」

真的，若不是經濟寬裕，三姐妹如何負擔那麼複雜昂貴手術。

殷師說：「許久沒見阿里。」

「你想見她。」

「你知我關心。」

程媽說：「那你耽久一會，稍後她會來吃晚飯。」

「可要先知會她一聲。」

「你是殷師，等於是阿姨。」

殷師點頭。

不一會大門外有園工搬花草樹木進屋。

殷師走近觀看。

小貨車旁另外停着一輛標致跑車。

這是誰的車子，車頭字樣極細，停睛一看，是 Aston Martin 兩個小字，叫殷師訝異。

這時有人推開車門下來，「殷師，好久不見。」

殷師凝神。

那是一個英俊少年，白襯衫卡其褲，配一雙鮮紅色球鞋，見殷師瞠目，笑着再叫一聲：「殷師，是我。」

殷師說不得用手掩嘴。

少年走近，手臂搭在殷師肩上，「我是阿里呀，你不認得我了。」

——全書完

書名　無盡香檳　作者　亦舒

出版　天地圖書有限公司
香港皇后大道東109-115號
智群商業中心十五字樓
電話：2528 3671　傳真：2865 2609

香港灣仔莊士敦道三十號地庫／一樓（門市部）
電話：2865 0708　傳真：2861 1541

設計及插圖　Untitled Workshop

印刷　亨泰印刷有限公司
柴灣利眾街27號德景工業大廈十字樓
電話：2896 3687　傳真：2558 1902

發行　香港聯合書刊物流有限公司
香港新界大埔汀麗路36號
中華商務印刷大廈3字樓
電話：2150 2100　傳真：2407 3062

出版日期　二〇一九年七月／初版・香港